Les Éditions du Boréal
4447, rue Saint-Denis
Montréal (Québec) H2J 2L2
www.editionsboreal.qc.ca

ÊTES-VOUS MARIÉE
À UN PSYCHOPATHE?

Nadine Bismuth

ÊTES-VOUS MARIÉE
À UN PSYCHOPATHE?

nouvelles

Boréal

Les Éditions du Boréal reconnaissent l'aide financière du gouvernement
du Canada par l'entremise du Programme d'aide au développement
de l'industrie de l'édition (PADIÉ) pour ses activités d'édition et remercient
le Conseil des Arts du Canada pour son soutien financier.

Les Éditions du Boréal sont inscrites au Programme d'aide aux entreprises
du livre et de l'édition spécialisée de la SODEC et bénéficient du Programme
de crédit d'impôt pour l'édition de livres du gouvernement du Québec.

Diffusion au Canada : Dimedia
Diffusion et distribution en Europe : Volumen

*Catalogage avant publication de Bibliothèque et Archives nationales du Québec
et Bibliothèque et Archives Canada*

Bismuth, Nadine, 1975-

    Êtes-vous mariée à un psychopathe ?

    ISBN 978-2-7646-0662-9

    I. Titre.

PS8553.I872E83   2009   C843'.54   C2009-940021-9
PS9553.I872E83   2009

[…] *une conversation telle que celle qui se déroulait entre nous, dit-il, aurait été impensable pour nos parents. Le soir, ils ne parlaient pas mais dormaient profondément; nous, notre génération, nous dormons mal, nous sommes agités, mais nous parlons beaucoup et nous sommes toujours en train d'essayer de décider si nous avons raison ou non.*

TCHEKHOV

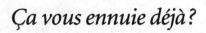

Ça vous ennuie déjà?

Nous sommes partout. Au bureau, à l'épicerie, dans l'ascenseur, sur les ponts, dans nos voitures, au musée, dans le métro, sur nos balcons, à vélo, à la banque, à l'aéroport. Que nous soyons diplômées, autodidactes, brunes, rousses, minces, grosses, bijoutières, fonctionnaires, avocates ou animatrices à la radio, ça ne change rien à l'affaire : nous sommes des célibataires. Ça vous ennuie déjà ? Nous nous ennuyons depuis des millénaires.

Et pourtant : déesses, nous rendions les dieux de l'Olympe complètement fous ; sirènes, nous faisions perdre le nord aux héros de la mer. Mais ça s'est détraqué : nous sommes devenues des vierges, des sorcières, des nonnes, des courtisanes, des gouvernantes, des tuberculeuses, des filles mères et des vieilles filles à chats. Aujourd'hui, nous inspirons des romans à l'eau de rose et d'autres à saveur comique (ha ha), des films aux décors urbains, des séries télé diffusées à heure de grande écoute, des ouvrages de croissance personnelle, des blogues, des noms de martinis, mais par-dessus tout, nous inspirons de la pitié : nous sommes douces et gentilles, ma foi souvent même jolies, nous sommes drôles et intelligentes, alors bon sang, qu'est-ce qui cloche? Pourquoi sommes-nous seules? Est-ce à cause d'un conflit irrésolu avec notre père? D'un traumatisme vécu dans le ventre de notre mère? Si vous trouvez la réponse, de grâce, dites-le-nous, car notre psy commence à nous coûter cher.

Notre plus grand rêve est de rencontrer un homme, alors nous mettons le paquet. Nous le disons sans pudeur à nos frères, sœurs, collègues, amis, voisins, nous le disons à notre boucher et à notre esthéticienne, et nous n'avons certes plus besoin de le répéter à notre psy, mais nous n'avons tellement plus d'orgueil que nous le disons même à notre ex, tout en prenant soin de tourner ça de façon qu'il ne se sente pas visé : plus que jamais, nous sommes prêtes à accueillir un homme dans notre vie. Mais puisque chacun semble occupé à autre chose, nous jugeons souvent préférable de nous démerder toutes seules. Sur Internet, nous nous inscrivons sur des sites de rencontres et nous nous créons un profil plein d'esprit dans lequel nous proclamons notre désir d'établir une relation sérieuse avec un mâle sérieux. Nous sommes inondées de réponses, des « Avales-tu, chose? », des « Es-tu riche? » et des « Envoie-moi une photo de tes boules » pleins de fautes d'orthographe. Vous trouvez ça terrifiant? On vous épargne pourtant les pires. C'est pourquoi nous préférons souvent nous en remettre à une méthode plus désuète qui en quarante ou cinquante ans n'a pas encore fait ses preuves, mais il faut bien rester optimistes : nous sortons dans les bars.

Dans ces repaires de poivrots, nous soupçonnons que l'offre n'est pas de meilleure qualité, mais du moins pouvons-nous l'inspecter *de visu*. Bien imbibées d'alcool, il n'est pas exclu que nous terminions la nuit avec un inconnu. Vous trouvez ça imprudent? Vous regardez trop de mauvais suspenses à la télé. L'inconnu se frotte contre nous, il nous arrache sauvagement notre petite culotte mais pas notre robe, puis il se rend à l'évidence que la bière, ça ne ramollit pas seulement le cerveau. D'ailleurs, ce scénario demeure exceptionnel; habituellement, nous terminons la nuit devant une poutine sans même avoir à craindre d'engraisser d'un gramme, car qui sera là demain matin pour nous empêcher d'entreprendre un jeûne de trois jours ou une cure extrême de jus de pamplemousse? Hein? Qui? Notre chat, peut-être? Vous? Certainement pas, et certainement pas l'homme que nous sommes prêtes à accueillir dans notre vie et qui tarde et retarde et c'est regrettable parce que, paraît-il, on vit nos plus belles années et on voudrait bien qu'il se pointe avant que la loi de la gravité n'entre en vigueur.

Nous refusons pourtant de nous décourager, car si c'est arrivé à d'autres, pourquoi ça ne nous arriverait pas à nous? Des histoires circulent: dans un cabinet d'avocats du centre-ville travaille un homme qui a téléchargé comme fond d'écran d'ordinateur la photo de sa fiancée; dans ce quartier richissime là-haut sur la montagne habite un homme qui a demandé à sa copine d'emménager chez lui; non loin du pôle Nord vit un homme qui a commandé les livres de Jamie Oliver sur

Amazon.com pour cuisiner des repas savoureux à sa douce moitié. Oui, c'est ça, toujours, quelque part, un homme qui-qui-qui, et bien que ces récits nous stimulent, force est d'admettre que la tentation est grande de les reléguer au rang des légendes. C'est un peu comme ce fameux déodorant censé ne pas tacher notre robe noire de cernes blancs : on en entend parler, il paraît que ça existe et que ça marche, mais on ne le trouve nulle part. Vous ne nous croyez pas ? On vous le jure.

Car l'impensable, l'inespéré et l'inattendu — diantre, le miracle ! — frappe parfois. Nous rencontrons un homme et on sent que notre tour est venu : c'est le bon. Oui. Cette fois, ça y est. Jorge (s'il vous plaît : prononcez *Hor-hé* et roulez bien le *r* contre votre palais) est notre moniteur de planche à voile au Mexique. Avec lui, nous passons cinq ou six jours à boire des piña colada sur la plage et à faire l'amour dans sa hutte sans électricité bourrée de scorpions desquels il nous protège, et une fois de retour ici, on prend un forfait interurbain et on lui parle tous les jours. Jorge et nous, c'est très fort. C'est le vrai coup de foudre. Tellement qu'il veut venir s'installer au Canada. Bien sûr, on sait que c'est un peu fou — de quoi vivra Jorge une fois ici ? Mais on appelle quand même l'ambassade pour savoir quelles démarches suivre pour l'obtention de son visa. Vous nous trouvez naïves ? Vous êtes méchants. Vous ne connaissez pas Jorge. Il n'est pas comme les autres, et ça nous fait vraiment de la peine quand ses appels cessent sans raison alors qu'il disait nous aimer. Vous n'en doutez pas, merci beaucoup, mais quand même, dites-vous, est-ce qu'on ne pourrait pas essayer de trouver un homme qui habite le même fuseau horaire que nous?

Bien entendu. Car il nous arrive aussi de tomber sous le charme d'André (de grâce, ne roulez pas le *r*!). André est cet ancien camarade d'université croisé dans la rue, ou ce nouveau collègue au bureau, ou ce serveur du restaurant où nous avons nos habitudes. Avec André, nous passons bien plus que quatre ou cinq nuits : nous passons cinq ou six semaines, et c'est du jamais vu. On s'appelle dix fois par jour, on lui envoie des messages textes cochons pendant des réunions de travail très importantes, on va le rejoindre chez lui à une heure du matin et on se fait des week-ends de cocooning tellement hermétiques que nos parents lancent des avis de recherche. Oui, avec André, on réinvente la recette du bonheur, jusqu'à ce que tout à coup ça pique du nez. Ça vous étonne? Ça ne devrait pas. Pourquoi pensez-vous qu'André était seul quand on l'a rencontré? Exactement : c'est un phobique (de l'engagement), un narcissique, un névrotique, un alcoolique ou un mélancolique, bref c'est un cas pathologique qui requiert des soins thérapeutiques, alors il est préférable qu'on s'en éloigne tout de suite avant de trop s'attacher, non? Mais oui. Certes, André n'est pas *toujours* si terrible que ça. Dans de rares cas, il arrive que la rupture s'explique autrement que par le nom d'une maladie mentale. Parfois, ce qui cloche avec André au bout de quelques semaines, ce qu'il ne comprend pas, c'est que nous n'aimons pas qu'il se serve dans notre frigidaire et mange toutes nos olives en laissant les noyaux sécher sur le comptoir ; nous trouvons dégoûtant qu'il utilise notre serviette de bain pour s'essuyer en sortant de la douche alors que nous lui avons dit de s'en prendre une dans la penderie ; et oui, ça nous énerve qu'il prétende que la fleur de sel de Guérande qu'on a dans notre garde-manger est un truc de snobs et que le sel Sifto ça fait pareil, parce que non, désolées, mais ce n'est *pas* pareil, et s'il n'était pas si pétri d'insécurité, s'il était plus évolué, il le saurait. Vous dites que tout ça n'est pas la fin du monde. Mais il y a plus : le problème d'André, on ne s'en était pas rendu compte au début parce qu'on était aveuglées par nos phéromones, c'est qu'il manque d'envergure. Il n'a pas de *oumph*. Vous ne savez pas ce qu'est le *oumph* ? C'est difficile à décrire. C'est un je-ne-sais-quoi qui nous excite, nous fait courir, nous tire vers le haut, et quand quelqu'un n'a pas de *oumph*, ça peut sembler cruel lancé comme ça, mais ça revient un peu à dire qu'il est plate. D'accord, personne n'est parfait. On sait qu'André est juste un être humain. Mais il pourrait être un humain un brin plus stimulant, plus pétillant, non ?

Vous pensez qu'on demande la lune et vous nous trouvez vachement compliquées ? Ah, bien sûr, on vous voit venir : vous croyez qu'il faut se jeter sur la première occasion, comme de vraies désespérées ? Vous pensez que parce qu'on est seules on ne peut pas avoir le privilège de choisir ? Votre grand-mère ne vous a donc jamais appris qu'il faut embrasser beaucoup de crapauds avant de trouver son prince ? Vous dites :

mais justement, est-ce qu'on n'a pas déjà fait le tour des crapauds sur Internet, dans les bars, au Mexique et en ville, et est-ce que ce n'est pas ça qui fait notre malheur? Vous nous coincez. On réfléchit : c'est vrai qu'il n'était pas si mal, le pauvre André. Avons-nous été trop exigeantes? trop idéalistes? Peut-être qu'il n'en repassera plus jamais un comme lui. Paniquées, nous le rappelons, mais ça tombe mal : il a jeté son dévolu sur Amélie. Ça nous scie les jambes. Puis on se fouette, on s'encourage : Amélie va bien finir par se lasser du manque d'envergure d'André, elle aussi. Mais la première chose qu'on apprend, c'est qu'il a cent photos de leur dernière escapade à New York dans son téléphone portable, qu'il a acheté un condo avec elle et qu'il lui cuisine des *fettucine alle vongole* le samedi soir. Vous dites : est-ce que ce n'est pas du *oumph*, ça? Mais vous ne comprenez rien : c'est parce qu'André a été avec nous *avant* qu'il a appris à cultiver le *oumph*. On l'a cassé, en quelque sorte, on a fait son éducation, quoi. Et puis merde : des *fettucine alle vongole* au sel Sifto, ça ne doit pas goûter si bon que ça.

Vous nous trouvez pleines de paradoxes et, à vrai dire, nous aussi. Vous commencez à perdre espoir à notre sujet. Vous croyez presque qu'on mérite de finir seules, que ce n'est pas pour rien que notre vie est une telle galère. Cette idée fait son chemin chez nous aussi. Nous faisons notre introspection, nous nous examinons la conscience, nous analysons nos erreurs, nous décidons d'apprivoiser notre solitude. Nous prenons plaisir à arroser nos plants de fines herbes et de tomates sur nos balcons, nous placardons nos frigidaires des gouaches de nos nièces, nous congelons nos restants de bœuf bourguignon, nous prenons des bains parfumés, nous faisons des mots croisés, des sudokus, des casse-tête de deux mille morceaux, nous nous mettons au lit de bonne heure, nous ne répondons même plus aux appels de Jorge qui a refait surface sans trop qu'on sache pourquoi, et c'est à ce moment-là que ça arrive. C'est exactement comme nos vieilles tantes nous l'avaient prédit — et remarquez combien nos vieilles tantes sont plus clairvoyantes que nos grands-mères : « Tu vas trouver quand tu vas arrêter de chercher. »

Alors oui, nous vous l'annonçons : depuis quelque temps, nous l'avons trouvé, et cette fois-ci, c'est vraiment la bonne. Il habite en ville, il n'est pas pervers, ni poivrot, on ne peut pas le coiffer du suffixe *-ique* sauf comme dans magnif*ique* ou fantast*ique*, il a de l'envergure à revendre et il transpire le *oumph*. La connexion est à son plus fort. Jamais nous n'avons vécu quelque chose d'aussi profond. Il s'appelle comment ? Pourquoi voulez-vous le savoir ? Puisque vous y tenez, appelons-le Jean-Marc. Jean-Marc qui ? Oh, comme vous êtes curieux ! C'est délicat, vous comprenez ou il faut qu'on vous fasse un dessin ? C'est parce qu'il est nonagénaire qu'on a honte ? Mais non, il vient à peine de souffler ses quarante bougies. Et non, ce n'est pas parce qu'il est défiguré non plus : si vous le voyiez (ah oui ! si seulement vous pouviez le voir !), c'est le sosie de Hugh Grant. Cessez donc de vous creuser la cervelle, ce n'est pas notre cousin germain non plus, sapristi que vous êtes lents à la fin. Il est déjà en couple. Voilà, vous êtes contents ? Jean-Marc n'est pas tout à fait libre, c'est ça, vous avez bien entendu. Certes, ce n'est pas idéal, mais vous avez vu où ça nous a menées, la quête de l'idéal ? À ratatiner au fond de nos baignoires, avec des bougies au thé vert, en nous faisant croire que c'était ça le bonheur. Mais c'était si faux ! Le bonheur, on le sait à présent, c'est Jean-Marc. D'ailleurs, ç'a toujours été lui. Même avant qu'on le rencontre, quelque chose nous disait bien que toutes ces déceptions thésaurisées ne pouvaient pas être vaines, qu'elles nous mèneraient forcément vers quelque chose d'unique, d'exceptionnel, vers lui, cet homme plus grand que nature. Jean-Marc nous visite le dimanche après midi et quelques soirs en semaine et on rigole avec lui, Dieu qu'est-ce qu'on rigole ! Nous l'aimons — oui, pour la première fois de notre vie, nous aimons, et rien ne peut nous arrêter. Bien entendu, c'est déchirant : nous voudrions voir Jean-Marc plus souvent et nous aimerions qu'il réponde à son téléphone cellulaire même quand *l'autre* rôde dans les parages. Mais rassurez-vous, ça ne perdurera pas, car il va la quitter très bientôt, c'est lui qui nous l'a dit. Vous êtes exaspérés ? Ah bon. Vous nous trouviez naïves et capricieuses tout à l'heure, on regagnait à peine votre sympathie avec nos tomates et nos sudokus, mais à présent, vous nous trouvez carrément nunuches ? Bon sang, vous n'avez jamais rien vécu, voilà votre problème, vous voyez la vie avec des œillères ! C'est certain qu'il va la quitter : s'il l'aimait vraiment, comme il nous aime, nous, alors qu'est-ce qu'il viendrait faire sous nos draps dès que mademoiselle va à ses leçons de tennis ou dès qu'elle sort avec ses copines ? Le secret avec Jean-Marc, c'est de ne pas le presser, de rester légères et amusantes. Elle lui donne bien assez de tracas comme ça avec ses « T'étais où ? » et ses « T'as oublié d'aller chercher mes vêtements chez le nettoyeur ! » Comme si elle n'était pas capable d'y aller elle-même ! Cette fille n'a pas idée de ce que c'est que d'être seule. Une vraie râleuse, une emmerdeuse. Mais n'allez pas vous imaginer qu'on se laisse faire pour autant avec Jean-Marc. Oh non. Nous avons nos limites et il est hors de question que nous poireautions ainsi éternellement. Car il est vrai que l'attente est en voie de devenir notre spécialité, surtout le samedi soir, à côté du téléphone, avec un bol de crème glacée. Et oui, nous sommes conscientes que les saisons passent, d'ailleurs les saisons sont toujours à l'honneur dans les ultimatums que nous lançons à Jean-Marc, tantôt à voix haute, mais la plupart du temps dans nos têtes. Ou bien on crie : « Si tu ne la quittes pas avant Noël, c'est terminé ! », ou bien : « Si tu ne la quittes pas avant l'été, tu peux m'oublier ! » Vous croyez que même si notre vœu trouve une oreille attentive, la situation est perdue d'avance, car Jean-Marc reproduira forcément le même cirque toute sa vie durant et qu'il ira nous tromper avec une autre ? Vous ne savez pas de quoi vous parlez, mais si ça peut vous rendre heureux, sachez que oui, cette éventualité nous a déjà effleuré l'esprit et qu'elle nous terrifie. Alors, peut-être que ce n'est pas une si mauvaise chose de savoir que la réalisation de notre souhait est, de toute évidence, compromise? La semaine dernière, Jean-Marc nous a annoncé qu'elle était enceinte — c'est un accident, une vilaine surprise, un imprévu, inutile de le préciser. Mais comme ç'a mis fin aux leçons de tennis et aux sorties entre copines de mademoiselle, les visites de Jean-Marc s'espacent de plus en plus et son cellulaire est de moins en moins souvent allumé. Nous lui avons tout de même laissé un message avant-hier : « Coucou, gros connard qui répand ses gènes sans le savoir! T'es où? » On n'espère plus trop qu'il nous rappelle.

Mais qu'est-ce qu'on disait, déjà? Ah oui. Vous nous voyez partout : à l'épicerie, sur les ponts, à la banque, au musée. Nous sommes vos sœurs, vos amies, vos collègues, vos voisines. Auriez-vous un homme à nous présenter? Nous sommes des célibataires. Jadis régnaient les dieux et les héros; nous étions des déesses et des sirènes. Et puis ça s'est tout détraqué.

Décalage

Jérôme est arrivé en taxi par un après-midi gris du mois d'avril. Mon mari et moi étions à la fenêtre du salon. Notre invité a récupéré sa valise dans le coffre de la voiture et Benoît s'est précipité à la porte pour l'accueillir.

— Ça fait longtemps !

— T'as pas changé !

J'ai lissé les draps du divan-lit, j'ai tiré sur une plume qui perçait la taie d'oreiller et je suis allée les rejoindre dans le couloir.

Jérôme était un ami de mon mari. Il était parti vivre en France une dizaine d'années plus tôt pour pratiquer le métier de technicien de scène. Je ne l'avais jamais vu, sauf sur des photos. En personne, il paraissait plus vieux. Benoît nous a présentés.

— Jérôme, Caroline.

On s'est fait la bise et Benoît a transporté la valise dans le salon. J'ai suspendu la veste de cuir de Jérôme à un crochet.

— Bienvenue chez nous, ai-je roucoulé comme une vraie hôtesse en écrasant la plume au creux de ma main.

Jérôme a dit qu'il était ravi qu'on l'accueille, puis il a regardé par terre et il a déclaré que nous avions de superbes planchers. Cette remarque plutôt banale, qui tombait entre nous quelques secondes à peine après son arrivée, me confirmait que Jérôme aurait sans doute préféré passer la semaine seul avec Benoît. Entre hommes, ils auraient pu manger gras, boire de la bière et traiter les femmes d'ennemies de l'humanité. Car si Jérôme venait passer dix jours à Montréal, c'était pour se remettre d'une rupture avec une fille. À Paris, il ne pouvait pas oublier leur histoire. Il l'appelait sans arrêt. La nuit, il traversait la ville sur son scooter pour aller sonner chez elle. Béatrice était l'attachée de presse d'une chanteuse populaire. Elle l'avait rendu si fou qu'il avait pensé se tuer et avait dû consulter un psy. C'est ce qu'il avait raconté à Benoît dans ses courriels l'automne dernier, et c'est ce que mon mari m'avait plus ou moins répété trois semaines plus tôt en m'annonçant la visite de Jérôme.

— Ils sont en pin, ai-je dit. Ils craquent la nuit. Le jour aussi, mais on le remarque moins.

Benoît avait allumé la cafetière et il lavait des tasses dans la cuisine. J'ai jeté la plume d'oreiller aux ordures, j'ai sorti quelques crudités du frigo et je suis retournée dans mon bureau, une branche de céleri entre les doigts. Comme je suis traductrice publicitaire, toutes sortes de contrats urgents s'empilent régulièrement à côté de mon ordinateur. Ce jour-là, il s'agissait de la brochure d'information d'un fabricant de pneus qui introduisait sur le marché un modèle anticrevaison. Grâce à une technologie inédite de flancs renforcés, ce pneu pouvait continuer de rouler sur une distance de plus de deux cents kilomètres même lorsqu'il se vidait de son air. Je n'aurais trop su dire pourquoi, mais le principe me semblait familier.

Benoît avait réservé une table au restaurant du coin, mais quand on a entendu Jérôme ronfler par l'entrebâillement de la porte du salon, on a décidé de ne pas le réveiller et j'ai préparé des sandwichs aux œufs.

— C'est le décalage, a dit Benoît.

— Ou les émotions. Où est la mayonnaise?

Benoît a débouché la bouteille de vin de table chilien et il nous a servis.

— C'est vrai que je ne l'ai jamais vu comme ça.

— Il a l'air très mal à l'aise avec moi.

— Il ne veut même pas aller à Sainte-Adèle voir sa famille. Il m'a dit qu'il ne voulait rien faire, juste se promener en ville, aller au cinéma, faire des trucs insignifiants.

J'ai réfléchi un instant.

— Tu lui as dit?

J'ai rincé les assiettes et Benoît nous a resservi du vin sans broncher.

— Je sais que tu lui as dit.

— C'est sûr que je lui ai dit, c'est mon ami. Qu'est-ce que ça change?

— Ça change qu'il me regarde comme s'il était gêné.

— Jérôme est assez pris comme ça par son drame. Il n'a certainement pas le cœur à se préoccuper des conneries des autres.

— Une connerie? Tu es presque parti avec elle. Dans son petit deux et demie pas chauffé d'Hochelaga-Maisonneuve. Ç'aurait été une vie tellement romantique.

— Et avec toi, elle est comment, ma vie?

Avant d'aller me coucher, j'ai sorti une serviette de la penderie et je l'ai laissée sur la table de la cuisine pour Jérôme.

Il ne m'avait fallu que trois essais pour trouver le mot de passe de l'ordinateur de mon mari. Mon nom et le sien s'étaient révélés incorrects, mais celui de son écrivain préféré m'avait ouvert les portes de sa correspondance personnelle. Elle s'appelait Katie. Elle faisait beaucoup de fautes d'orthographe et, à en juger par son usage immodéré des signes de ponctuation, elle croyait sans doute qu'ils avaient été inventés pour faire des sourires, des grimaces et des clins d'œil. Je l'imaginais pareille à ces adolescentes que je croise parfois dans le métro : grassouillette, vêtue d'un jean taille basse laissant voir un string à pois et d'un chandail moulant lui remontant jusqu'en dessous des seins pour dévoiler son nombril rose. Dans les courriels qu'il adressait à Jérôme, les confidences de mon mari étaient d'une puérilité indigne d'un professeur de littérature. Il parlait de Katie comme d'une «drogue délicieuse» et d'un«oiseau du paradis». Jérôme en rajoutait : à son avis, la passion était un mystère d'une opacité telle qu'elle engendrait chez lui des rages meurtrières, surtout lorsque c'était un certain Arnaud qui répondait au téléphone portable de Béatrice. Quelques jours avant Noël, lorsque la direction du collège avait renvoyé mon mari, il m'avait avoué pourquoi, à quelques détails près.

— Tu as eu une liaison avec une étudiante de dix-sept ans ! avais-je crié en fracassant trois verres et deux assiettes sur le plancher de la cuisine.

Mon mari était allé chercher la balayette et le porte-poussière, mais le lendemain, j'avais découvert des éclats de verre jusque dans les plantes.

J'ai fait semblant de dormir pendant que Benoît s'habillait dans la chambre et j'ai attendu qu'il n'y ait plus de bruit dans l'appartement avant de me lever. L'odeur du café flottait dans la cuisine. Benoît m'avait laissé une note : ils étaient partis se promener au centre-ville et ils iraient sûrement voir un film en après-midi. Ils m'appelleraient pour me tenir au courant. Sur le comptoir, il y avait deux bouteilles de bordeaux et, lorsque j'ai pris le lait dans le frigidaire, j'ai aperçu le foie gras au torchon. Dans la salle de bains, la trousse de toilette de Jérôme était sur la laveuse. J'ai jeté un œil au salon. Le divan-lit était fait d'une façon impeccable, sa serviette séchait sur le dossier de la chaise et un livre de poche aux pages écornées était posé sur sa valise. Je me suis demandé si Jérôme avait tout laissé en ordre parce que Benoît lui avait confié que je m'étais d'abord opposée à sa visite, et qu'il voulait par conséquent se faire le plus discret possible. Ce n'est pas que je tienne à tout prix à préserver mon intimité avec mon mari. Mais qu'un couple à la dérive ne trouve rien de mieux à faire qu'héberger quelqu'un qui cherche à apaiser son cœur meurtri, n'était-ce pas pousser l'hospitalité un peu loin? En outre, puisque Jérôme connaissait notre situation, comment pouvait-il espérer trouver du réconfort sous notre toit? L'image qui me venait à l'esprit était celle d'un clochard qui irait demander l'aumône dans le quartier le plus pauvre d'une grande ville. Et ce n'était pas tout : étais-je allée me réfugier chez des gens, moi, lorsque j'avais appris que j'étais cocue? Je n'avais guère envie qu'un double masculin de moi-même fasse du camping dans mon salon. Mais mon mari avait insisté : « Ça va nous faire du bien d'avoir de la compagnie. » Il avait ajouté quelque chose au sujet de prendre une distance par rapport à nos émotions, puis il avait conclu que de toute manière il était trop tard : Jérôme avait acheté son billet d'avion.

Parce que les pneus anticrevaison étaient une invention qui évitait aux conducteurs de rester coincés au milieu de la nuit sur le bord d'un chemin dangereux à essayer d'installer une roue de secours, le principal avantage qu'il y avait à en équiper sa voiture était la sécurité. Le téléphone a sonné.

— Allo.

Il y a eu un silence.

— Allo?

— Oui, bonjour, a dit une femme à l'accent français. Pardonnez-moi de vous déranger comme ça… Je… Je suis une copine de Jérôme. Il est là ?

— Non. Il est sorti pour la journée avec Benoît.

— Et vous êtes ?

— La femme de Benoît.

— Y a-t-il moyen que j'appelle Jérôme sur le portable de votre mari ?

— Il n'en a pas.

— Ah non ?

J'ai senti de l'irritation poindre dans la voix.

— C'est Béatrice. Vous pouvez demander à Jérôme de me rappeler ?

— Béatrice ?

— Oui. Il faut qu'il me rappelle. C'est possible ? Qu'il ne tienne pas compte du décalage horaire. Ça m'est égal. D'accord ?

J'ai dit à Béatrice que je transmettrais le message, après quoi je n'ai plus été en mesure de travailler. J'ai pris une douche et je suis allée faire des courses. Dehors, il faisait un soleil éclatant et quelques fleuristes avaient sorti des pots de tulipes sur le trottoir. Au petit café, j'ai acheté une limonade et j'ai refait le chemin jusque chez moi en mordillant la paille. Oui, ai-je réfléchi, moi aussi, j'aurais dû quitter Benoît après tous ces événements. Comme Béatrice, qui ne voulait pas de Jérôme quand il était à Paris mais qui l'appelait maintenant qu'il était à Montréal, Benoît se serait certainement lancé à ma poursuite, où que je sois allée. Il se serait ennuyé, inquiété, morfondu. Assise au pied du divan-lit, j'ai regardé la fin d'un documentaire sur le réchauffement de la planète ; il fallait réduire notre consommation de combustibles fossiles. Ah, pourquoi n'étais-je pas partie ? À présent, quitter Benoît ne serait rien d'autre qu'un geste d'éclat raté. Un truc ridicule, car pouvait-on avoir de l'éclat à retardement ? Pendant le générique, mes yeux se sont posés sur le livre de Jérôme. Il était d'un auteur japonais dont je n'avais jamais entendu parler. Distraitement, mes doigts ont tiré sur la fermeture éclair de sa valise. Ses pantalons, ses chandails et ses caleçons étaient pliés d'une façon méticuleuse. Un flacon d'antidépresseurs faisait une bosse dans la poche intérieure. J'ai tout remis en place et j'ai fumé une cigarette.

— Qu'est-ce que tu veux dire, « il a rencontré une fille » ?

Sur le bord de l'évier de la cuisine, mon mari buvait un verre d'eau.

— Je viens de te le dire. On a passé l'après-midi sur la terrasse d'un bar de la rue Saint-Denis. Il faisait beau. Il y avait plein de gens de bonne humeur. Jérôme a rencontré une fille.

— Une fille, juste comme ça, et il t'a planté là pour partir avec elle ? Chez elle ? Je croyais que vous alliez voir un film.

— Je ne sais pas. J'ai essayé de le retenir, mais il ne voulait rien entendre. Il est sûrement allé au Holiday Inn. Il avait deux nuits gratuites dans cette chaîne-là avec l'achat de son billet d'avion.

J'ai imaginé une chambre avec un couvre-lit fleuri, des murs pastel et des fenêtres à double vitrage qui laissent à peine percer la rumeur du centre-ville.

— En tout cas, Béatrice a téléphoné.

— Ouais. Il paraît qu'ils se sont revus par hasard la semaine dernière. Quand il lui a dit qu'il venait passer dix jours à Montréal, elle a flippé.

Mon mari a bu un deuxième verre d'eau, puis il s'est approché de moi pour m'embrasser. Il a glissé une main sous mon chemisier et m'a caressé un sein. Dans la chambre, le soleil se couchait derrière les rideaux jaunes. On s'est cogné les cuisses contre le coin des meubles et on s'est déshabillés d'une manière désordonnée.

— Tu goûtes la bière, ai-je dit, mais mon mari a rétorqué qu'ils avaient bu des pichets de sangria.

Le reste s'est passé en silence. Il est ensuite allé chercher une des deux bouteilles de bordeaux, le foie gras et un sac de biscottes. Il regrimpait dans le lit lorsque le téléphone a sonné.

— C'est sûrement elle, a-t-il lancé.

— On répond et on lui dit tout?

Mon mari a froncé les sourcils:

— Laisse-la donc aller dans la boîte vocale.

— Elle est insomniaque? Il est deux heures du matin, en France.

— C'est une chouette fille. Très généreuse. Quand je suis allé visiter Jérôme à Paris il y a deux ans, elle nous a invités en Normandie, dans la maison de ses parents. Je suis sûr que tu t'entendrais bien avec elle.

— Elle était bête, tout à l'heure, au téléphone. Et si c'était Jérôme?

— Il a le double des clés. Je lui ai dit de faire comme chez lui.

La sonnerie a cessé. Mon mari a remué le vin dans son verre et il l'a humé avec contentement avant d'en prendre une gorgée.

— Tu sais quoi, Caro? J'ai discuté avec Jérôme cet après-midi et on en est venus à la conclusion que c'était un acte manqué de ma part. Inconsciemment, j'ai dû faire exprès de commettre la pire faute possible, celle qui obligerait la direction du collège à me foutre à la porte. Avec tout le temps que l'enseignement me demandait, je n'aurais jamais été capable de finir mon roman avant cinq ans.

J'ai retourné cette idée dans ma tête : elle ne me plaisait pas. Les ambitions littéraires de mon mari étaient donc à l'origine de tout cet effritement? J'ai rabattu le drap sur ma poitrine et la sonnerie du téléphone a de nouveau déchiré le silence de l'appartement.

— C'est une possédée, ou quoi?

— Elle doit l'aimer, à sa façon.

— Tu prends pour elle parce que vous êtes pareils. Sauf que toi, tu es plus lâche. Tu ne m'as pas quittée pour ta Katie-catin. Elle, au moins, elle est allée avec l'autre.

Son couteau enduit de foie gras, mon mari s'est tartiné une biscotte. Quelque part dans un jardin, des voisins inauguraient leur barbecue et la brise soufflait la fumée de viande grillée jusque dans la chambre. Lorsque le téléphone s'est enfin tu, j'ai respiré un bon coup et j'ai pris une gorgée de vin.

— C'est juste une folle. Et c'est sans doute pour ça qu'il l'aime. Les hommes, vous vous amourachez toujours des plus tarées.

— Tu arrêtes? On était bien, juste là.

— Parle pour toi. Et je suis certaine que ta Katie était névrosée, elle aussi, déjà à dix-sept ans. Pour avoir vidé une bouteille de schnaps le soir où tu n'étais pas allé la voir parce que nous avions eu des billets de théâtre à la dernière minute... Elle se prépare en tout cas une brillante carrière d'emmerdeuse.

Benoît a déposé son couteau sur le bord de son assiette. Il a plissé les yeux et il a contracté la mâchoire. J'en ai éprouvé une certaine satisfaction.

— Comment sais-tu ça?

J'ai croqué dans une biscotte sans lâcher mon mari des yeux et j'ai pris mon temps avant de déglutir.

— A-U-S-T-E-R. Il aurait fallu que tu trouves un mot de passe plus original. Pourquoi tu n'as pas simplement demandé une année sabbatique? Je l'ai su deux semaines avant que vous ne vous fassiez pincer dans le gymnase du collège. J'ai lu tous vos courriels. Je sais que tu l'as traînée jusqu'ici quand j'étais au chevet de ma sœur après son hystérectomie. Je me demande comment tu as pu.

Benoît a enfilé son caleçon.

— Tu as fouillé dans mes affaires? Tu as fait ça?

35

— Tu ne pouvais pas l'emmener à l'hôtel? Il t'aurait fallu des nuits gratuites au Holiday Inn, à toi aussi? Gros pingre!

La porte de son bureau a claqué et j'ai su qu'il était allé changer le mot de passe de son ordinateur. Dehors, des portes ont aussi claqué, puis l'odeur de viande grillée s'est dissipée. Je me suis réveillée à vingt-deux heures. Le téléphone sonnait encore. J'ai rapporté les assiettes et les verres dans la cuisine, puis j'ai vérifié la boîte vocale : elle était vide. Dans le salon, Benoît regardait le bulletin de nouvelles assis sur le bout du divan-lit. Une grande entreprise américaine avait fait faillite.

— Je dors ici, a-t-il déclaré.

Jérôme est rentré le lendemain midi, ce qui a forcé Benoît à sortir de son bureau pour la première fois de la matinée. Notre invité avait l'air en pleine forme, ragaillardi. Il s'était arrêté à la boulangerie pour acheter une baguette, du jambon et des éclairs au chocolat. Il a tout laissé sur le comptoir de la cuisine et il est allé changer de vêtements dans le salon. J'imaginais qu'il avait pris une douche au Holiday Inn.

— As-tu refait son lit comme il faut, ce matin?

Mon mari a haussé les épaules et je n'ai rien ajouté. De toute manière, me suis-je dit, à quoi bon sauver les apparences? Tant pis si les draps du divan-lit étaient en désordre. J'ai préparé des sandwichs et il a fait une salade. Jérôme est revenu dans la cuisine vêtu d'un pantalon noir et d'un chandail gris qui moulait ses pectoraux.

— Béatrice a téléphoné hier après-midi, a annoncé mon mari au milieu du repas.

Jérôme a soupiré.

— Je la rappellerai d'une cabine.

— Rappelle-la d'ici, a dit mon mari. C'est seulement huit sous la minute.

Jérôme a fait un petit tas dans son assiette avec les rondelles de concombre.

— Je lui avais laissé votre numéro seulement en cas d'urgence. Je suis désolé.

— Elle doit avoir peur de te perdre. Elle t'a promis qu'elle ferait des efforts pour que ça aille mieux entre vous, non?

— Des promesses, des promesses, ai-je murmuré pendant que nous sortions les éclairs de leur petite boîte.

Mon mari m'a fusillée du regard.

Après avoir feuilleté l'horaire de cinéma d'un hebdomadaire culturel, ils sont partis voir un film américain qui n'était pas encore à l'affiche à Paris et qui était censé regorger de poursuites automobiles et de coups de feu.

Une fois seule, j'ai terminé la traduction de la brochure du fabricant de pneus, j'ai pris un bain et enfilé une robe. J'arrosais les plantes dans la cuisine lorsque le téléphone a sonné.

— Allo.

— Jérôme, s'il vous plaît.

C'était une fille.

— Il est sorti.

— C'est Camille. Vous pouvez lui dire de me rappeler? On s'est vus hier, il a mon numéro.

En raccrochant, je me suis demandé si ce n'était pas ce que j'aurais dû faire, moi aussi : tromper mon mari pour me consoler, ou pour me venger, ou pour oublier. Peu importe. J'ai réfléchi : mais avec qui? Le gros locataire du troisième? Le garçon du café qui avait l'âge d'être mon fils? Avec qui? J'ai renversé un peu d'eau sur le plancher. Il n'y avait personne.

Ce soir-là, au restaurant, mon mari a caressé ma cuisse sous la table et Jérôme nous a confié quels genres de bienfaits il avait tirés de sa psychothérapie. En attaquant sa côte de bœuf, il a affirmé qu'il était désormais capable de démêler le vrai du faux dans ses relations avec les autres et de cerner ses désirs profonds.

— Y a-t-il des désirs qui ne soient pas profonds?

Mon mari m'a reproché de poser des questions creuses. J'ai haussé les épaules et j'ai dit à Jérôme que j'avais déjà pensé entreprendre une thérapie afin de me guérir de mon inaptitude généralisée au bonheur, mais que j'avais changé d'idée.

— J'aurais eu l'impression que quelqu'un vient fouiller dans mes poubelles.

— De toute façon, a dit mon mari, il y a plein de charlatans dans ce domaine-là.

Ils se sont disputés pour savoir qui réglerait l'addition et Jérôme a fini par l'emporter. C'était la pleine lune. Nous avons marché jusqu'à une taverne à la mode du boulevard Saint-Laurent, dont le sol était jonché d'écales d'arachides. Derrière la table de billard, il y avait un téléphone public surplombé d'une ampoule rouge, et Jérôme est allé appeler Camille. Une demi-heure plus tard, elle franchissait la porte de l'établissement. C'était une grande fille brune qui fumait sans arrêt sans toutefois que l'éclat de son rouge à lèvres s'estompe. Ils se sont murmuré des choses à l'oreille et ils ont fait quelques tours sur la piste de danse, parmi d'autres couples. À un certain moment, Camille nous a quittés en disant qu'elle travaillait très tôt le lendemain matin. Elle était styliste pour un magazine de mode. Jérôme est allé la reconduire dehors et je les ai regardés s'embrasser sur le trottoir.

— Béatrice est beaucoup plus jolie, a soufflé mon mari en hochant la tête.

— Ce n'est pas toujours ça qui compte, ai-je rétorqué.

Il a commandé trois autres bières.

Comme un parfait touriste, Jérôme s'est promené en ville toute la semaine, parfois seul, parfois avec Benoît. Un soir où il avait bu, nous l'avons escorté au Casino. Au bout d'une heure, comme il avait perdu quatre cents dollars au black-jack, Benoît l'a tiré par le bras pour l'extirper de sa chaise.

— Faites chier! grognait Jérôme dans le taxi qui nous ramenait à la maison. J'aurais tout regagné.

Enfin, Béatrice a rappelé le dimanche soir. Bien calé dans le divan-lit, Jérôme lisait son auteur japonais.

Je me suis demandé s'il était en quête d'un équilibre intérieur, style zen ou quelque chose comme ça.

— C'est pour toi.

Il a pris le téléphone sans fil et refermé la porte. J'ai cogné trois fois à la porte du bureau de mon mari. Il était assis devant son ordinateur, dont l'écran reproduisait un échiquier jaune et noir.

— Mon adversaire est un Croate inébranlable.

Des sons électroniques fusaient des haut-parleurs. Je me suis assise sur la vieille causeuse et j'ai dit à Benoît que Jérôme était en train de parler à Béatrice au téléphone.

— Et alors? Ce n'est pas un monstre.

— C'est quand même à cause d'elle qu'il a essayé de se trancher les veines.

— Jérôme t'a dit ça?

— C'était dans ses courriels.

Mon mari a froncé les sourcils.

— Tu as lu les siens aussi?

— Au point où j'en étais.

J'ai feuilleté un vieux magazine littéraire qui traînait là.

Une dizaine de minutes plus tard, le Croate a gagné la partie et Benoît a poussé des jurons en mettant son ordinateur en mode d'économie d'énergie. J'ai fixé l'écran tout noir déchiré par des éclairs métalliques.

— Si c'était mon nom que tu avais utilisé comme mot de passe, j'aurais au moins pu interpréter ça comme un signe d'amour.

Mon mari s'est laissé tomber sur la causeuse et m'a tirée vers lui afin que je m'assoie sur ses genoux. Pendant qu'il était à l'intérieur de moi, les planchers ont craqué dans le couloir derrière la porte et nous avons cessé nos mouvements, mais quand les pas se sont éloignés vers la cuisine, nous les avons repris. En reboutonnant son pantalon, mon mari a voulu savoir si je pensais réellement ce que j'avais dit l'autre soir, au restaurant, à propos de mon inaptitude généralisée au bonheur.

— Hein, mon amour? Hein?

Je lui ai fait remarquer qu'il était temps qu'il s'achète un nouveau pantalon, parce que celui qu'il portait était tout élimé. Quand on est sortis du bureau, Jérôme fumait une cigarette dans la cuisine.

— Elle me jure que tout est fini si je ne saute pas dans le premier avion pour Paris ce soir.

Il a été secoué d'un rire nerveux en se grattant la nuque. J'avais faim. J'ai mis de l'eau à bouillir et j'ai fait chauffer de la sauce tomate.

— Elle s'ennuie, a dit mon mari. Tu lui as dit que ton vol de retour est après-demain?

— Elle veut que j'emménage chez elle.

Mon mari a ouvert la deuxième bouteille de bordeaux et Jérôme m'a aidée à égoutter les pâtes.

— Tu peux rester ici aussi longtemps que tu veux, lui ai-je soufflé à l'oreille.

Au milieu du repas, comme personne ne disait rien, je leur ai demandé s'ils étaient au courant du fait qu'il y avait désormais des pneus anticrevaison sur le marché.

— Est-ce qu'ils en font pour les scooters? a voulu savoir Jérôme.

— Ça m'étonnerait.

Mon mari, qui avait dû vendre sa Jetta à la fin du mois de janvier afin de disposer d'un peu d'argent, a dit qu'il valait mieux se méfier des gadgets qui contredisaient les lois de la physique. Selon lui, un pneu devait se dégonfler au moins une fois dans sa vie ou, encore mieux, carrément crever, car c'est ce qui le confirmait dans son identité. Sans cette menace de crevaison qui faisait toute sa beauté, un pneu n'était plus un pneu. J'ai égrainé quelques miettes de pain au-dessus de mon assiette.

— Est-ce que ta théorie s'applique aussi aux hommes?

Jérôme a débarrassé la table et il a ajouté que c'était compliqué pour tout le monde.

Le lendemain, mon mari a dit qu'il avait besoin d'une cartouche d'encre pour l'imprimante et Jérôme l'a accompagné au centre-ville. Il faisait sombre dans l'appartement lorsque je suis sortie de mon bureau. La cuisine était silencieuse, un silence de fin d'après-midi qui rend illusoire tout espoir de progrès, même si les plantes sur le bord des fenêtres sont d'un vert éclatant. J'étais dans la baignoire lorsque j'ai entendu des pas dans l'appartement. J'ai enfilé mon peignoir. Mon mari installait sa nouvelle cartouche d'encre.

— Tu vas imprimer des chapitres?

— Le premier jet, peut-être.

Sur la causeuse, il y avait un sac aux couleurs de Benetton.

— Tu t'es acheté un pantalon?

— Non. C'est Jérôme qui a trouvé un chandail pour Béatrice.

J'ai coulé un regard à l'intérieur du sac et j'ai remué le papier de soie. C'était un chandail turquoise en rayonne. Le col en V et les poignets étaient sertis de perles blanches. Sur le guéridon, l'imprimante s'est mise à vibrer et à cracher des feuilles barbouillées de bandes noires et de couleur.

— Jérôme est allé rejoindre Camille, a continué Benoît, satisfait d'avoir réussi à installer sa cartouche. Il voulait profiter de sa deuxième nuit à l'hôtel.

J'ai replacé le papier de soie et nous avons mangé une pizza aux champignons devant la télévision. Ensuite, mon mari est retourné dans son bureau avec une cannette de bière. J'ai lavé les assiettes et j'ai fumé des cigarettes. En faisant des ronds de fumée, je me suis demandé combien de temps encore j'allais vivre avec Benoît. Dans un an, serais-je encore assise à la table de cette cuisine? À dix heures, je suis allée cogner à la porte de son bureau. Des feuilles noircies de texte reposaient maintenant sur le plateau de l'imprimante, mais il jouait aux échecs.

— Tu viens dormir?

— Tout à l'heure. Je prends ma revanche sur le Croate.

J'ai vu le sac de Benetton sur la causeuse et j'ai dit à mon mari qu'il aurait pu avoir la gentillesse de m'acheter un cadeau, comme Jérôme en avait acheté un à Béatrice. Je lui ai dit qu'il n'était qu'un égoïste qui trompait sa femme en couchant avec ses étudiantes et qui préférait se faire battre aux échecs au lieu d'écrire son roman pourri pour lequel il avait prétendument hypothéqué sa carrière.

— Un roman pourri?

J'ai déboutonné mon chemisier et j'ai enfilé le chandail de Béatrice.

— Tu n'es qu'un vieux pneu dégonflé.

— Qu'est-ce que tu fais? Enlève ça tout de suite, ce n'est pas à toi.

— Je veux l'essayer. Peut-être que je m'en achèterai un. Peut-être que je vais devenir une Béatrice qui va te délaisser pour un Arnaud. Qu'est-ce que tu dirais de ça, hein?

J'ai fait une rotation à gauche, puis à droite. Le tissu était frais et confortable.

— Franchement, le turquoise ne t'avantage pas, a soufflé mon mari.

J'ai claqué la porte.

Lorsque le téléphone a sonné quelques minutes plus tard, mon cœur battait encore très vite. D'une main tremblotante, j'ai décroché.

— Jérôme est absent, ai-je annoncé à Béatrice.

— Vous pouvez lui dire de me rappeler quand il rentrera? Je veux lui parler.

— D'accord, mais je ne sais pas quand. Ça vous arrive parfois de dormir la nuit?

— Il est allé voir ses parents aux Laurentiniennes?

J'ai éclaté de rire.

— On dit les Laurentides.

— Il est là-bas ? Il est où ? Il est vingt-deux heures passées chez vous. Il vous a sûrement raconté notre histoire. J'ai gaffé, ça arrive à tout le monde. Mais il compte beaucoup pour moi.

Je me suis demandé si j'avais quelque chose à gagner à dire la vérité à Béatrice. Ma détresse avait-elle besoin d'une victime ? Quand tout cela allait-il cesser ? J'ai cherché mon souffle et j'ai senti des gouttes de sueur perler sous mes aisselles et mouiller le tissu du chandail de Béatrice.

Vers onze heures le lendemain matin, Jérôme est venu récupérer ses effets. Camille lui avait offert de l'accompagner à l'aéroport. Par la fenêtre du salon, je l'ai vue attendre dans sa petite Honda rongée par la rouille. Elle fumait une cigarette en envoyant la fumée dehors et en tapotant le volant. Nous avons aidé Jérôme à transporter sa grosse valise jusque dans le coffre de l'auto et nous lui avons dit qu'il était le bienvenu n'importe quand.

— Ce serait sympa, a lancé mon mari. Des vacances à quatre, avec Béatrice.

— À propos, ai-je glissé, elle croit que tu as dormi chez tes parents hier soir.

Benoît a écarquillé les yeux dans ma direction ; il avait l'air surpris.

— Merci, m'a dit Jérôme avec un sourire. Mais je me serais débrouillé.

— C'est ce que tu penses.

Bip! Bip! a fait Camille avec le klaxon. Jérôme a grimpé à bord et la voiture s'est éloignée. Mon mari et moi, nous sommes restés sur le trottoir. Il a mis son bras autour de ma taille et la voiture a disparu au bout de la rue. Je me sentais en paix.

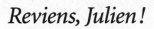

Reviens, Julien !

Lundi, 18 h 40

Ce matin, j'ai accompagné Julien à l'aéroport. Il veut
que je garde sa voiture cette semaine pour que je l'em-
mène au garage faire enlever les pneus d'hiver. Il m'a
embrassée sur la bouche et il m'a promis qu'il m'ap-
pellerait une fois rendu à Londres. Et s'il fallait qu'il
soit tué dans un attentat terroriste? Il s'est fondu dans
la foule et tout à coup ç'a été aussi clair que du cristal
de Baccarat qui ne va pas au lave-vaisselle : ma vie
serait un trou noir sans lui. J'ai eu envie de crier :
« Reviens, Juju! Me laisse pas! Je passerai pas toute
seule à travers la semaine! » J'avais une grosse boule
dans le ventre. Peut-être que je suis dépendante affec-
tive. Ou c'est l'angoisse? Ou le foie gras d'hier soir?
C'était une sacrée grosse boule.

Je réfléchissais à tout ça quand un incident très
désagréable s'est produit : je ne suis pas parvenue à
faire démarrer la Lexus de Juju. Tous les conducteurs qui attendaient sur le débarcadère des départs se
sont mis à me klaxonner comme des sauvages pendant
que je tournais à répétition la clé dans le contact sans

que rien ne se produise : silence total du moteur. Il a fallu qu'un chauffeur de taxi vienne me crier par la tête que le moteur était en marche mais qu'il ne faisait pas de bruit parce que la voiture est hybride. On relaxe, monsieur : comment étais-je censée le savoir ? Je conduis ma Mini Cooper, d'habitude. Je suis arrivée stressée à mon cours de yoga, ma camisole en fibres de bambou déjà toute trempe, j'ai parqué la voiture dans un espace réservé aux livraisons pour ne pas arriver en retard. Janet m'a dit : « *Honey, are you okay ?* » Cette fille est trop gentille. On a travaillé ma salutation au soleil et elle m'a dit que j'avais fait des progrès en trois mois. Tant mieux, parce que même si je ne pige pas le rapport entre me tenir sur une jambe les deux bras en l'air en fixant un point invisible devant moi et l'harmonie intérieure, j'aimerais bien que ça me procure des fesses aussi fermes et rebondies que les siennes.

Dans un bar à sushis tout près sur le boulevard Saint-Laurent, j'ai mangé une soupe miso et j'ai appelé Véro pour l'inviter à souper. « Que dirais-tu d'un soufflé au fromage avec une petite verte ? » Elle ne pouvait pas parler, elle était en meeting. Véro passe sa vie en meeting ! Depuis trois mois, elle est « chargée de projet » pour un festival de films. Et puis elle devait me rappeler, mais elle ne l'a pas encore fait et il est presque sept heures et je lui en veux un peu. J'ai pris la peine de lui dire que Juju était parti et elle sait que je déteste être seule ici. La maison est déjà trop grande pour deux, et puis on dirait qu'elle craque de partout, et puis j'ai toujours peur qu'un tueur s'introduise par le sous-sol, le garage, la terrasse ou (pourquoi pas?) un des puits de lumière. Si seulement Juju n'était pas asthmatique, je pourrais avoir un chat ou un chien pour me protéger. Pour me changer les idées, j'ai dû feuilleter mes livres de cuisine afin d'élaborer le menu de samedi soir. J'hésite entre des carrés d'agneau et du homard. Je ne voudrais pas être prise à la dernière minute. Je veux que tout soit parfait et pour la soirée je... oh, ça sonne !

19 h 20

Julien est arrivé à Londres en un seul morceau. Il ne m'avait pas fait signe plus tôt parce qu'il était sorti souper avec des clients. Il pleut là-bas. « Et toi? » qu'il m'a demandé. « Moi, quoi ? » (Je m'ennuie, il me semble que c'est évident.) Je lui ai tout de même confié que j'étais bien décidée à essayer une nouvelle coupe de cheveux cette semaine, oser une frange — comme la vendeuse chez m0851 tout à l'heure. « Tu serais mignonne », a remarqué Julien, de sorte que je n'ai pas pu m'empêcher de lui demander : « Tu veux dire que tu me trouves moche, comme ça ? » Bien entendu, il m'a reproché mon insécurité. J'ai suggéré qu'on fasse une séance de sexe au téléphone, mais il était trop crevé à cause du décalage horaire. Je n'ai pas insisté. Cependant, j'ai voulu qu'il m'explique comment allumer la télévision. Sous prétexte qu'il me l'a déjà montré trente fois mais que je ne m'en souviens jamais, il m'a dit de prendre un papier et un crayon, et moi j'ai encore martelé que je n'aimais pas ce nouveau système. C'est vrai : depuis qu'on s'est convertis à la haute définition, je ne fais que remarquer les moustaches des comédiennes et les cicatrices d'acné des animateurs. Ça tue le rêve. Juju a poussé un soupir de condamné à mort quand je l'ai prié de répéter : c'est sur le bouton rouge de la télécommande grise ou sur le bleu de la télécommande noire que j'appuie en premier ? On s'est engueulés. C'est déprimant. J'arrête ici. Je vais faire des muffins.

Mardi, 20 h 30

Le problème avec Véro, c'est qu'elle est aliénée dans son travail, alors c'est certain qu'elle se sert de moi comme d'une soupape. Elle m'a rappelée ce matin pour m'offrir d'aller luncher avec elle, et ça tombait bien parce que j'avais une course à faire au centre-ville : il faut que je déniche des coupes en cristal de Baccarat d'ici samedi soir, autrement Mme Tardif risque de se demander où sont passées celles qu'elle nous a offertes à Noël. En tout cas, je ne sais pas ce qui a déclenché le délire de Véro — ah si, je le sais : c'est lorsque j'ai appelé Fatima après avoir commandé mon cappuccino. Je devais lui dire d'arriver une demi-heure plus tard que prévu pour lui éviter de poireauter devant la porte. « Qui t'appelles ? » m'a demandé Véro. « Ma femme de ménage. » C'est à ce moment-là qu'elle s'est mise à faire la grimace au-dessus de son thé aux queues de cerises (elle veut maigrir), grimace qui n'a rien d'exceptionnel, Véro étant souvent d'humeur maussade sans qu'on sache trop pourquoi. Et comme le remède à cette situation est d'agir comme si de rien n'était, c'est ce que j'ai fait. Je lui ai raconté que Julien et moi avions loué une villa en Argentine pour trois semaines en juillet. Savait-elle que Buenos Aires était le Paris de l'Amérique du Sud? Voudrait-elle être l'heureuse gardienne de notre maison durant notre absence? Elle pourrait profiter de la piscine, du jardin, du sauna, des voitures, du gym et du cinéma maison haute définition. Et cetera, et blablabla. J'y mettais vraiment du mien, mais après cinq minutes, comme elle ne dégrimaçait pas, je lui ai demandé si tout allait bien, et elle a serré les mâchoires et elle a dit : « C'est plutôt à toi qu'il faudrait poser la question. » Elle affirme que je vis sur une autre planète depuis que je sors avec Juju. Elle dit que je suis devenue une fille qui passe ses journées à traîner au Rockland, à faire du yoga et à coordonner l'arrivée de sa femme de ménage, et que rien de constructif ne ressort de tout ça. « Tu vis aux crochets d'un mec. Tu vas faire quoi s'il te quitte demain matin? Un soufflé au fromage? » J'ai essayé de respirer par le ventre comme Janet s'efforce de me l'apprendre, de visualiser le flouc flouc des vagues de l'océan pour relaxer. Mais ça n'a pas marché et je me suis fâchée et j'ai demandé à Véro si elle était en train de me traiter de poule de luxe. Véro a répliqué qu'elle n'avait jamais dit ça, mais qu'à bien y réfléchir peut-être que j'en étais une, parce que même si je ne me dandine pas en manteau de fourrure et stilettos de six pouces, tout le monde sait qu'avoir du temps de nos jours, c'est un luxe, et que moi, du temps, j'en ai tout plein. En plus, il paraît que je peux bien en profiter, mais au bout du compte, rien de tout cela ne m'appartient. Ma relation avec Julien n'est qu'un moyen pour moi de ne pas affronter la vraie vie, de ne pas prendre mes responsabilités, et quoi d'autre encore? J'ai oublié parce que j'ai explosé au beau milieu du Java U: faut-il que je me sente coupable parce que je suis tombée amoureuse du fils du président de la plus grande multinationale d'aérospatiale du pays alors qu'elle, tout ce qu'elle a réussi à se dégoter, c'est un assistant-gérant chez Pizzédélic (et encore, aux dernières nouvelles, il hésitait toujours à s'engager sérieusement avec elle!)? Véro a dit que la compagnie du père de Julien était une compagnie d'*aéronautique* et non d'*aérospatiale*. « C'est pareil! » que j'ai crié. Elle a jeté quinze dollars sur la table et elle est partie en me traitant de sous-clone de Carla Bruni.

La salope. Je vais aller faire un gâteau aux bananes. Hier, j'ai brûlé mes muffins.

Mercredi, 11 h 15

J'ai tellement mal dormi que ce matin j'ai appelé Mme Lyne Gounod, la chef du service des ressources humaines du Musée des beaux-arts. « Qui? Myriam Boisjoli? » En plein ma chance : une Alzheimer. J'ai dit :

« Souvenez-vous, je vous ai donné ma recette de crous-
tade aux pommes lors du dernier gala de la fonda-
tion de l'Hôpital général. » (C'était l'automne.) Silence
radio. « Vous portiez la même robe Miss Sixty que
moi », ai-je ajouté. Peut-être que j'aurais dû dire
que c'était MOI qui portais la même robe qu'ELLE, mais
sur le coup, ça ne m'a pas traversé l'esprit. Enfin, c'est
tout de même ça qui l'a sortie de sa torpeur : « Ah oui,
Myriam ! Vous êtes la conjointe du fils de monsieur
Louis Tardif, n'est-ce pas ? » Je suis allée droit au but : je
me cherche un emploi. Elle a voulu savoir quel genre de
parcours professionnel j'avais et je lui ai dit : un bac en
histoire de l'art et deux ans comme assistante à la gale
rie Noire de la rue Saint-Paul (en réalité, c'était seulement huit mois, mais si elle avait vu le patron débile,
c'est vrai que ça compte pour le double). En tout cas, elle
m'a dit qu'il n'y avait malheureusement pas d'ouverture
au musée pour le moment, mais que, si j'acceptais d'aller passer un test de culture générale, mon nom pourrait
figurer sur la liste d'attente de l'équipe de bénévoles.
Beau programme. Je lui ai dit que j'allais y penser.

Je peux bien l'écrire ici, si je me suis énervée hier
midi avec Véro, c'est parce que la question m'a tourné
mille fois dans la tête : qu'est-ce que je vais faire si Juju
me quitte ? Je veux dire : que suis-je, sinon une femme
au foyer sans enfants, donc illégitime ? Juju, Juju… Je
viens d'essayer de l'appeler à son hôtel, mais il était
sorti.

Merde ! Je suis en retard pour les pneus de la
Lexus.

J'ai lunché chez Leméac. Après deux heures à poireauter dans l'antichambre d'un garage qui pue à feuilleter
des *People* de l'ère paléolithique (Jennifer et Brad en
vacances!), j'avais besoin de décompresser. Et moi qui
me croyais guérie! Tout avait pourtant bien commencé. On m'a assise près de la fenêtre, dans une
flaque chaude de soleil. Autour de moi caquetait la
faune habituelle d'hommes d'affaires et de retraitées
botoxées. Mais à deux tables de la mienne, il y avait une
fille à peine plus jeune que moi. Trente ans, mettons.
Elle était avec son mec, un type plutôt mal habillé,
mais qui était riche, ça c'est sûr, parce qu'à un certain
moment il est sorti du resto pour aller chercher son
téléphone dans sa voiture garée en face dans la rue
Laurier, et c'était une Mercedes — le même modèle
que Juju conduisait quand on s'est rencontrés. Cette
fille m'a fait penser à moi : j'ai eu la certitude qu'elle
était sans boulot elle aussi, autrement, qu'est-ce qu'elle
ferait à téter une crème brûlée à deux heures de l'après-
midi un jour de semaine dans un resto? Je me suis dit :
voilà, je ne suis donc pas une extraterrestre! D'autres
filles vivent comme moi, dans un état de… de quoi?
D'autonomie relative? Dépendantes de leur copain?
Et alors? Ce n'est pas un crime. On n'enlève rien à
personne. Qu'est-ce qu'on fait de mal, à part rendre
d'autres filles jalouses, nos meilleures amies les premières? Je crois que jusque-là tout allait bien. Mais
pendant que le jeune riche débraillé parlait au télé-

phone dans le vestibule du restaurant, le serveur a déposé l'addition sur le bout de la table, et après avoir fixé la pochette de cuir noir comme si c'était un oiseau mort venu s'écraser là par hasard, la fille l'a tirée à elle, elle a fourré une main dans son Rudsak bleu électrique de l'année et elle en a ressorti une liasse de billets qu'elle a déposée délicatement dedans.

Au-dessus de ma cuisse de canard confite — à la chair plus sèche que d'habitude, c'était décevant —, j'avais beau me répéter : « Eh bien, à chacun sa façon de vivre », il n'y avait rien à faire. Je me suis tout à coup sentie seule au monde. Mon cœur s'est mis à battre à toute allure, la sueur me coulait entre les seins, j'avais la bouche sèche et mes oreilles bourdonnaient. Il aurait fallu que je me rende à la salle de bains, mais j'avais trop peur de m'effondrer comme une masse devant tout ce monde. Je ne sais pas comment j'ai fait pour me traîner jusqu'à la caisse et donner la carte de crédit de Juju au serveur qui portait des lunettes à la Elton John. Une fois dehors, j'ai pris le premier taxi, j'ai baissé la vitre et j'ai gardé les yeux fermés jusqu'à Ville Mont-Royal. Ça tournait, tournait. Je croyais que j'allais dégueuler. Ou faire un ACV. Ou une crise cardiaque. Bref, mourir sur place. Une fois à la maison, j'ai pensé que ce serait mon pauvre Juju qui découvrirait mon corps à moitié pourri en rentrant ici après-demain et que ça lui ferait sans doute regretter jusqu'à la fin de ses jours de m'avoir laissée toute seule. Je me sentais vraiment étourdie, je ne savais pas quoi faire. Alerter Véro ? C'était hors de question. Ma mère ? Ça l'inquiéterait beaucoup trop. Le 9-1-1 ? Les voisins risqueraient d'apercevoir l'ambulance, comme cette fois où Juju était parti pour Genève et où j'avais dû inventer une histoire de mal d'estomac carabiné à son retour pour me couvrir. Car comment ne pas redouter le pire ? Qu'un voisin croise Juju au dépanneur un beau matin et lui demande : « Il n'est rien arrivé de grave à Myriam l'autre jour ? On l'a vue partir en ambulance sur une civière. » Oh non ! S'il apprenait que j'avais cessé de prendre mes médicaments, Juju serait tellement déçu. Alors, j'ai appelé Fatima. Je savais bien qu'elle était fâchée parce que je lui avais fait récurer trois fois chacune des cavités de mon moule à muffins tout carbonisé hier après-midi — eh oui, j'adore ce moule, c'est un modèle épuisé ! Mais pour soixante dollars, Fatima a ravalé son amertume et elle est venue. J'avais chaud, j'avais tellement chaud que j'étais à poil, affalée sur le canapé de plumes du salon, quand elle est arrivée. Je me suis enroulée dans le jeté et elle m'a fait couler un bain tiède. Si mon carton de pilules ne traînait pas en permanence sur le comptoir de la salle de bains, Fatima aurait pu penser que j'étais enceinte. Mais ce n'est pas le cas. Et pourquoi donc ? Parce que chaque fois qu'on en parle, Juju affirme qu'on n'est pas prêts. Mais quand le serons-nous ? Un de ces jours, même si je sais que ce n'est peut-être pas la meilleure stratégie, je crois bien que j'arrêterai de prendre ma pilule en cachette, question de lui prouver qu'il avait tort. À ma demande, une fois que je me suis allongée dans la baignoire, Fatima a bien voulu rester de l'autre côté du rideau pour me tenir compagnie. Brillante idée, oh la brillante idée! Fatima s'est mise à me raconter que sa sœur qui habite encore au Maroc a été diagnostiquée avec un cancer du sein. J'avais juste envie de m'écrier : « Sapristi, Fatima, ne me racontez pas une histoire comme ça! Refilez-moi votre recette de couscous, genre!» Ne voyait-elle pas que j'émergeais à peine d'une mégacrise de panique? Ou était-ce sa façon de se venger de l'épisode du moule à muffins? Derrière le rideau, j'ai marmotté quelques formules banales d'encouragement, incapable toutefois de cesser de me palper les seins et de leur trouver des bosses partout. Pour la suite, c'est flou. J'ai voulu dormir. J'ai imploré Fatima de ne jamais raconter cet incident à Juju : s'il lui demandait pourquoi on lui avait donné soixante dollars de plus, elle devrait dire que c'était parce que je l'avais priée de s'occuper d'un gros tas de lessive. « Vous comprenez, Fatima? J'ai des petites défaillances, parfois. Mais je suis sur la bonne voie. » Fatima doit me trouver étrange, mais qu'est-ce que je peux y faire? De toute façon, elle voit des cas pires que moi, comme Mme Gray à trois maisons de la nôtre, chez qui elle fait le ménage aussi, et qui carbure au Johnnie Walker. Je lui ai signé son chèque et elle est partie. Il était quoi, cinq heures?

Il est huit heures maintenant. Sur le répondeur, j'ai un message de Daisy, ma coiffeuse : j'ai loupé notre rendez-vous. Et moi qui voulais cette frange! Pourvu qu'elle ait d'autres disponibilités cette semaine. Que reste-t-il à dire de cette journée catastrophique sinon que j'en rote encore mon confit de canard? Je vais jeûner demain pour avoir un ventre plat au retour de Juju. Je suis certaine qu'il ne m'aimerait pas si j'étais grosse. En attendant, il restait du gâteau aux bananes dans la cuisine, et comme j'avais mis du crémage au fromage dessus, c'était difficile de résister. J'ai léché tout le fond de l'assiette pendant que j'écrivais ces lignes.

Jeudi, 19 h 45

Juju m'a appelée ce matin. Pourquoi n'ai-je pas laissé sonner ? Il a fallu que je l'assomme avec mes doléances. Il ne veut pas qu'on suive des leçons de tango pour nous préparer à notre séjour en Argentine ; il trouve ça quétaine. « Mais tu peux t'inscrire toute seule si ça te tente », a-t-il suggéré. « Laisse donc faire », que je lui ai dit. Il est toujours aussi inflexible au sujet des enfants, et il veut encore moins qu'on redécore la maison. « Alors quoi ? me suis-je impatientée. On va conti- nuer à passer nos soirées à regarder les moustaches des comédiennes à la télé ? » Tu parles d'un projet com- mun. Juju a dit qu'il me trouvait chieuse et que, s'il avait su, il ne m'aurait pas appelée. « Ciboire, Mimi, j'ai quatre rendez-vous importants aujourd'hui et je vou- lais juste te dire que je t'aime ! » Il ne manquait plus que ça, que je me sente coupable.

Je suis fébrile. Ça ne va pas. J'ai séché mon cours de yoga et je suis allée récupérer la Lexus rue Laurier. Il y avait trois contraventions collées au pare-brise ; ajou- tées à celle de lundi, c'est bien fait pour lui ! Comme j'avais encore cette boule dans mon ventre, sans trop réfléchir, j'ai débarqué au bureau de Véro. J'avais besoin d'elle, mais elle était où ? Eh oui, en meeting ! J'ai attendu dans le fauteuil de la réception, ça m'a paru une éternité, j'avais feuilleté tous les magazines sur le guéridon et je m'étais imaginé plus de flouc flouc de vagues d'océan qu'il n'en a sans doute fallu pour faire couler le *Titanic* quand elle s'est enfin matérialisée. Elle m'a accueillie avec moins de froideur que je m'y attendais, et c'est tant mieux parce que j'ai éclaté en sanglots une fois dans son bureau. J'ai tout déballé : que je ne sais plus si j'aime Juju ou si je reste avec lui parce que je ne saurais pas comment me débrouiller autrement. Que je regrette cette époque où on vivait ensemble toutes les deux dans notre quatre et demie du Plateau-Mont-Royal. Que tout est mêlé dans ma tête et dans mon cœur. Que j'ai arrêté de prendre mes médicaments sans en parler à personne parce que j'espérais que le yoga m'aiderait d'une façon plus naturelle, mais bon sang que les effets tardent à se manifester ! Que je n'ai aucun sentiment d'accomplissement dans ma vie. Que Dieu sait comment j'en suis arrivée là, mais j'ai trente-deux ans et je ne suis pas foutue d'allumer la télévision dans mon propre salon. J'aurais continué pendant des heures, c'était tellement libérateur, mais Véro devait filer à un autre meeting. Elle m'a cependant laissé un double de la clé de son appartement et elle m'a dit que si je le souhaitais je pouvais aller dormir chez elle dès ce soir pour y voir un peu plus clair. J'y ai réfléchi. Je crois que c'est la bonne décision. Je vais faire mes valises.

21 h

Le mauvais sort s'acharne : Juju est parti avec la grosse Louis Vuitton.

Vendredi, 16 h 10

Je sors du bain ; Juju, lui, trempe encore dedans. Ce sont de belles retrouvailles. Comme il a signé un contrat important à Londres, il est de bonne humeur. Il n'a même pas râlé quand il a vu les quatre contraventions sur le comptoir de la cuisine. Le décalage horaire lui fait cependant perdre la mémoire, parce que quand je lui ai demandé ce qu'il préférait manger demain soir, de l'agneau ou des homards, il ne se souvenait même plus qu'on recevait ses parents. Et moi qui ai couru à travers la ville à la recherche des coupes de Baccarat ! « C'était pas nécessaire, m'a rassurée Juju pendant que je lui savonnais le dos. Ma mère n'aurait rien pu te reprocher : elle a déjà cassé le lustre crinoline au chalet ! » Je me suis demandé : est-ce que c'est ce qui va m'arriver un de ces jours, à moi aussi ? Rien n'est exclu. Juju m'a rapporté un coffret de thés anglais. Je préfère le café, mais je le sortirai pour la visite. Ou je pourrais l'offrir à Fatima, pour la consoler de la maladie de sa sœur. Ou à Véro, s'il y en a aux queues de cerises. Il faudrait d'ailleurs que je la rappelle aujourd'hui pour la rassurer et lui dire que j'apprécierais qu'elle arrête de s'inquiéter pour moi. En réalité, je vais vraiment bien. Que les choses prennent des proportions énormes quand Juju s'en va et que ça me fasse tout remettre en question, c'est juste normal. J'espère cependant qu'elle sera en meeting et que j'aboutirai dans sa boîte vocale, parce que si elle décroche je sais trop ce qu'elle va me répondre. Sur un ton découragé, ce sera quelque chose du genre : « C'est ta vie, Mimi. »

En effet.

Merde ! Je vais rater mon rendez-vous chez le coiffeur !

Quand on rend visite à Mme Trottier

C'était Pâques. Mme Trottier a déposé une assiette devant moi : deux épaisses tranches de jambon garnies d'ananas en cubes avec des haricots verts qui baignaient dans une mare de beurre fondu. Le cœur m'a levé. Comme si ce n'était pas suffisant, avant de regagner la cuisine, elle a dit :

— Mange pendant que c'est chaud, Karine.

J'ai regardé Steve, il a baissé les yeux. Sa sœur Mélanie a pouffé de rire et le gars qu'elle avait emmené avec elle lui a demandé ce qui se passait.

— Karine, c'est l'ex de mon frère, a-t-elle dit. Une fille super cool, mais elle est partie vivre avec son père aux États-Unis. Elle, c'est Julie son nom et elle ne mange pas de viande.

Elle pointait sa fourchette vers moi. « Peste », que j'ai pensé. Comme Mélanie n'avait pas pris la peine de me le présenter, le gars a passé son bras au-dessus de la table pour me serrer la main : « Moi, c'est Benjamin. » J'ai répondu « Enchantée », et c'était quand même vrai : il avait l'air sympathique, ce qui n'est pas toujours le cas des garçons que ma belle-sœur déniche. À Noël, celui qui l'avait accompagnée nous avait rebattu les oreilles toute la soirée de ses histoires de hockey parce qu'il jouait dans une ligue collégiale. À une heure du matin, alors que Mme Trottier s'était endormie sur le canapé, il avait demandé à Mélanie : « On va-tu dans la chambre de ta mère ? » Mélanie s'était levée d'un bond. Dans le corridor, on l'avait entendu crier : « Donne-moi un S, donne-moi un E, donne-moi un X, donne-moi un E, qu'est-ce que ça donne ? » Mélanie est meneuse de claque pour l'équipe de football de son cégep.

Steve a saisi mon assiette.

— Je vais t'arranger ça, m'a-t-il assuré avant de disparaître dans la cuisine.

Mélanie a déposé sa fourchette : « Gna-gna-gna, je vais t'arranger ça », a-t-elle répété. Benjamin m'a souri d'un air timide avant de demander à Mélanie où étaient les toilettes. Une fois qu'il a été hors de vue, Mélanie m'a fait un clin d'œil.

— Ce gars-là, c'est la baise du siècle.

— C'est le fun, ai-je dit.

La mère de Steve est revenue dans la salle à manger avec d'autres assiettes.

— Je te fais chauffer une soupe au brocoli, Julie, a-t-elle dit en appuyant bien sur les deux syllabes de mon nom.

Steve s'est rassis à côté de moi et il a posé une main sur ma cuisse.

Comme d'habitude, j'ai aidé Steve à débarrasser la table. Durant le souper, sa mère avait bu les deux bouteilles de vin presque à elle toute seule et elle s'était remise à m'appeler Karine. Elle disait : « Es-tu sûre que tu as assez mangé, Karine ? », ou bien : « Veux-tu que je t'ouvre une autre boîte de soupe, Karine ? » Chaque fois, Mélanie rigolait en enfouissant son visage dans le cou de Benjamin.

Dans la cuisine, j'ai rincé les assiettes.

— Elle doit s'ennuyer d'elle ! ai-je remarqué.

— Elle a bu, m'a dit Steve qui disposait les verres dans la partie supérieure du lave-vaisselle. Elle ne le fait pas exprès, OK ?

J'ai haussé les épaules.

Trois jours auparavant, comme j'étais allée étudier chez Steve pour préparer un examen, Karine lui avait téléphoné. Pour Pâques, elle voulait qu'il fasse livrer une douzaine de jonquilles à la résidence pour personnes âgées où demeurait sa grand-mère. Quand Steve avait raccroché, c'était sur un ton tout nerveux qu'il m'avait raconté ça, sans même me regarder dans les yeux. J'aurais aimé savoir si Karine l'appelait souvent à neuf heures du soir pour lui demander des services. Mais je m'étais contentée de hausser les épaules ; c'est un tic chez moi quand je suis contrariée.

— Ma mère ne le fait pas exprès, a répété Steve.

Je lui ai passé les assiettes et j'ai annoncé que j'allais fumer une cigarette.

Vu l'état de Mme Trottier, j'aurais pu fumer dans son appartement sans qu'elle s'en rende compte.

Malgré cela, après avoir pris mon manteau sur son lit, je suis allée, comme d'habitude, sur le balcon qui donne sur sa chambre. Il pleuvotait, mais le balcon de l'appartement du dessus me protégeait des gouttes d'eau. Devant moi, accrochés aux barreaux de métal, il y avait deux pots de plastique blancs remplis de terre couverte de brindilles de fines herbes jaunies par l'hiver. J'ai admiré la ville, toutes ses lumières qui scintillaient. Des bruits de klaxons montaient dans l'air humide. Je me suis demandé si Steve aimait encore Karine et, si oui, ce que ça pouvait faire. Elle était censée rester à Chicago encore au moins trois ans. Je ne savais même pas où c'était, Chicago : loin devant moi, par-dessus la ville, vers l'ouest, l'est, ou bien complètement derrière ? On ne parle pas de Chicago dans mes manuels de soins infirmiers. Je me suis demandé si j'aimais Steve. Personne d'autre que moi ne pouvait le savoir.

— Il pleut, a constaté Benjamin en ouvrant la porte derrière moi.

Il a gratté une allumette et il a pris une première bouffée de sa cigarette. Il m'a dit qu'il étudiait à l'Université de Trois-Rivières pour devenir chiropraticien et qu'il terminait un stage dans une clinique de Montréal. Je lui ai dit qu'il me restait deux années d'études avant de recevoir mon diplôme d'infirmière.

— T'as quel âge ? m'a-t-il demandé.

— Vingt ans. Toi ?

— Vingt-cinq. Mais je t'aurais donné dix-sept, gros max.

— Ouais. Je me fais carter quand je sors dans les bars.

Sur ces entrefaites, Mélanie a fait glisser la porte du balcon. Après avoir demandé du feu à Benjamin, elle m'a regardée :

— Donne-moi un J ! Donne-moi un U ! Donne-moi un L ! Donne-moi un I ! Donne-moi un E ! Qu'est-ce que ça donne ?

J'ai écrasé ma cigarette dans la vieille terre d'un des pots de fines herbes et je les ai laissés seuls.

Steve fouillait dans les armoires de la cuisine.

— Y a pas de café, a-t-il grommelé.

Mme Trottier parlait au téléphone dans le salon. Je me suis avancée vers elle et elle a levé la tête, mais elle a continué sa conversation comme si elle ne me voyait pas. À travers ses paroles décousues, j'ai compris que quelqu'un s'était fait arroser par une mouffette en descendant ses ordures.

— Du jus de tomate, répétait Mme Trottier.

— Excusez-moi, ai-je glissé.

— Hein, ma grande ? a-t-elle fait en plissant les yeux, une main sur le microphone. Tu veux encore des légumes ?

Le café était au congélateur.

Je suis retournée dans la cuisine.

— Tu parles d'un endroit ! a soufflé Steve.

Pendant que la cafetière ronronnait et que les premières gouttes s'écoulaient dans la verseuse en pyrex, j'ai demandé à Steve si on s'en allait bientôt. Il a posé

un baiser sur mon front : « Dans pas longtemps. »
Mélanie et Benjamin nous ont rejoints. Mélanie a
foncé sur Steve et elle s'est mise à l'embrasser dans le
cou et à le chatouiller en riant comme une gamine.
Benjamin gardait les mains dans les poches de son
jean. On aurait dit que ça le gênait de voir Mélanie qui
n'en finissait plus de prodiguer des caresses à son
grand frère.

Moi, j'étais habituée au petit jeu de ma belle-
sœur. Je me suis demandé ce que Benjamin faisait avec
une fille pareille et j'ai déclaré que je retournais fumer
une autre cigarette.

Mais je n'avais pas du tout envie d'une autre cigarette. Je me suis étendue sur le lit de Mme Trottier.
C'était un lit d'eau et ça tanguait. Je me suis demandé
à quoi Mme Trottier pouvait bien rêver le soir quand
elle s'endormait seule sur ce matelas mou : à sa jeu-
nesse d'hôtesse de l'air ou à son ancien mari ? Juste
au-dessus du lit, il y avait un ventilateur à quatre
lattes immobile. Dehors, le bruit de la pluie s'intensi-
fiait. Quelque part dans l'appartement, j'ai entendu
Mme Trottier gémir comme un violon défectueux.
C'est presque toujours comme ça quand on rend visite
à Mme Trottier : ou bien elle pleure, ou bien elle s'en-
dort. Il y a rarement d'entre-deux.

Benjamin est entré dans la chambre. Après avoir
constaté que le balcon était désert, il est resté planté
devant la porte-fenêtre. J'ai toussé pour lui signaler
que j'étais là et il s'est approché du lit.

— C'est parce qu'ils vont bruncher avec leur père demain matin? ai-je demandé.

— Je ne sais pas trop.

Comme nos manteaux occupaient presque entièrement la superficie du lit, Benjamin a dû s'asseoir près de moi et ç'a fait des vagues. Il a eu l'air surpris, puis il a fini par dire que les lits d'eau étaient très mauvais pour les vertèbres. Mais est-ce que Mme Trottier se souciait de la santé de ses vertèbres? Sa voix tonnait de plus en plus à travers la porte restée entrouverte, qui laissait filtrer un peu de lumière. Benjamin a regardé sa montre, puis ses pieds.

— Ça fait un an que je sors avec Steve et elle se trompe encore de nom, ai-je soupiré.

Je me suis tournée sur le côté pour regarder Benjamin. Il avait de fortes épaules et une nuque musclée. J'ai enfoncé mes doigts dans le matelas. Des portes claquaient dans l'appartement et mon estomac s'est mis à gargouiller. Depuis quelque temps, je connaissais le terme précis de ce phénomène embarrassant : borborygme. J'ai posé une main sur mon ventre pour le faire taire.

— Tu dois avoir faim, a remarqué Benjamin. Avec ta petite soupe. Pourquoi tu ne manges pas de viande?

— Parce que. Ça me dégoûte.

Il s'est étiré vers le tas de manteaux et il a cherché le sien, ce qui a fait tanguer le lit davantage. Je me suis laissé bercer et je me suis souvenue des paroles de Mélanie à Noël quand elle était ressortie de la chambre avec son abruti : « Ça brasse en titi. » Benjamin a fouillé dans ses poches et il en a extrait un œuf enveloppé dans du papier d'aluminium doré. Il me l'a donné et je l'ai déballé.

— Il y avait un gros bocal rempli d'œufs comme ça à la clinique cette semaine. J'en ai piqué plein.

— Merci.

La coquille était en chocolat au lait et l'intérieur contenait une crème jaune sucrée. Je l'ai englouti en deux bouchées. Ensuite, j'ai fait une boulette avec l'emballage et je l'ai serrée dans ma main.

— Je crois que Steve aime encore son ancienne blonde.

Benjamin est demeuré silencieux, alors j'ai continué :

— J'ai un peu peur qu'elle revienne ici pour les vacances d'été. Est-ce que c'est loin, Chicago ?

— Il me semble que c'est juste de l'autre côté des Grands Lacs.

Ça ne me disait pas grand-chose. J'ai fermé les yeux. La pluie fouettait la porte-fenêtre. Dans l'appartement, Mélanie criait en pleurant, Steve lui ordonnait de se calmer et Mme Trottier se lamentait de plus belle. J'ai rouvert les yeux et j'ai fixé le ventilateur au-dessus de ma tête.

— Veux-tu m'embrasser, Benjamin ? J'en aurais besoin.

Sa respiration est restée suspendue quelque part dans sa cage thoracique. Il s'est tourné et il a plongé ses yeux dans les miens. J'ai agité doucement le bassin et il m'a regardée faire pendant un moment avant de se tourner de nouveau vers le jet de lumière de l'entre-bâillement de la porte. Il a dit que j'étais spéciale. J'ai arrêté de me tortiller. Après, on est restés comme ça sur le lit d'eau de Mme Trottier jusqu'à ce qu'on entende des pas approcher dans le corridor.

La file d'attente

Cet été-là, la rumeur s'était mise à courir que tous les couples rompaient. De l'alignement des astres à la disparition des modèles traditionnels, chacun y allait de son hypothèse pour expliquer l'éclatement de la cellule amoureuse. Les soupers entre amis se terminaient plus tard que d'habitude, les magasins de chaussures étaient envahis par des filles cernées qui caquetaient dans leur téléphone cellulaire, les files d'attente devant les bars s'étiraient jusque dans les rues et faisaient l'objet de pétitions qui circulaient parmi les résidants des quartiers concernés. Rue Laurier, à quelques mètres de l'entrée du B***, dont la porte était gardée par un Noir avec un casque de tresses sur la tête, Bénédicte faisait le pied de grue en compagnie de Rosalie.

— J'ai trop mangé, lança la première. Je suis sûre que j'ai pris cinq livres.

— T'hallucines, rétorqua l'autre.

Les deux amies s'étaient perdues de vue après de vagues études en communication à l'université, mais elles avaient passé les six derniers samedis soir ensemble parce que, comme elles se plaisaient à le répéter, « les hommes sont des couillons ». Et pourtant, si elles sortaient au B*** parées de leurs plus beaux atours, c'était dans l'espoir d'en rencontrer un qui les fasse changer d'idée. Le miracle tardait cependant à se produire. Bénédicte avait réussi seulement à ramener chez elle un avocat répondant au nom de Jean-Philippe qui lui avait fait l'amour en l'appelant Valérie. « Valérie, c'est ton ex ? s'était enquise Bénédicte le lendemain matin. Elle t'a quitté pour un autre ? T'as de la peine ? Tu veux un café ? » Jean-Philippe avait pété sous les draps, ce qui avait permis d'éluder toutes ces questions. « Oh, désolé, je… » Il était parti sans noter son numéro de téléphone. Quant à Rosalie, elle avait accepté qu'un Normand, copropriétaire d'un magasin d'articles de sport (ou était-ce d'un gym ?), la reconduise chez elle, mais, une fois au volant de sa rutilante Volvo, Normand avait reçu un appel sur son Black-Berry et, en raccrochant, il avait demandé à Rosalie si elle voyait un énorme inconvénient à faire le reste du chemin en taxi. « Y a une station pas loin, avait-il précisé avant de stopper sa voiture au coin de Mont-Royal et de Saint-Urbain. As-tu besoin de cash ? » Malgré ces conclusions peu enlevées, Rosalie et Bénédicte ne se décourageaient pas. « Je préfère, affirmait Rosalie, un gars qui m'abandonne sur le coin d'une rue à un gars qui est incapable de contrôler ses intestins ou de se souvenir de mon nom dans mon lit ! » Ce à quoi Bénédicte répliquait : « J'aime mieux n'importe quoi que végéter toute seule chez moi un samedi soir ! » Ainsi donc, les choses n'étaient pas parfaites, mais elles auraient pu être pires.

Bénédicte demanda du feu à Rosalie. Elle alluma une cigarette et souffla la fumée d'un air exaspéré. Cette expression d'impatience et de supériorité animait son visage plusieurs fois par jour et elle se traduisait par un sévère froncement de sourcils. Or, Bénédicte épilait ses sourcils si finement depuis quelque temps que son front semblait presque les avaler quand il se contractait de la sorte, donnant l'impression que tout le haut de son visage n'était qu'une masse de chair informe, lisse et rosée, trouée de deux petits yeux bruns.

— Ça fait combien de fois qu'on vient? lâcha Bénédicte. Il devrait nous reconnaître.

Bénédicte fit un pas de côté, en dehors de la file d'attente. Elle se balança sur ses jambes maigres, espérant ainsi capter l'attention du portier. Celui-ci la dévisagea en effet durant quelques secondes d'un air impavide avant de poser son regard ailleurs. Rosalie remit son briquet dans sa bourse et elle en profita pour consulter l'écran lumineux de son téléphone cellulaire qui gisait tout au fond : pourquoi diable ne faisait-il qu'indiquer l'heure au lieu de signaler un appel manqué ou la réception d'un message texte?

— Il est sûrement myope, glissa-t-elle en refermant sa bourse.

C'était une belle nuit du mois d'août. Un croissant de lune éclairait le ciel et une brise chaude et humide emportait avec elle quelques détritus sur le trottoir. Des clients sortaient du B*** pour aller griller une cigarette près d'un gros pot de fleurs en grès. Les garçons étaient échevelés, les décolletés des filles dangereusement mal ajustés, les discussions décousues :

— Stéphane pourrait t'assassiner au tennis.

— Fuck you, il sait pas boire !

Bénédicte reprit sa place dans la file en secouant sa jambe où un emballage de biscuit à la crème glacée avait terminé sa course :

— Ou bien il est amnésique, soupira-t-elle. Est-ce que j'ai quelque chose de pris entre les dents ?

Bénédicte retroussa discrètement les lèvres afin de dévoiler sa dentition émaillée. Rosalie y jeta un coup d'œil, déclara que non et lui demanda une touche de sa cigarette. Combien de temps encore devraient-elles poireauter sur ce bout de trottoir ? Elles auraient dû prévoir que la file d'attente pour entrer au B*** avancerait à pas de tortue après minuit. Elles auraient dû s'éclipser plus tôt de chez Geneviève, sa collègue correctrice au magazine. Mais comment auraient-elles pu ? Geneviève s'était tant attardée au récit de chacun des menus détails qui l'avaient amenée à se séparer de Mathieu qu'elles n'avaient pas osé l'interrompre. Il avait été question du comportement ambivalent de Mathieu, des espoirs déçus de Geneviève, du cahotement de leur relation, du constant besoin de Geneviève d'être rassurée et, enfin, le clou dans le cercueil : la sempiternelle hésitation de Mathieu à envisager la cohabitation avec elle. Seule Bénédicte avait montré quelques signes d'impatience : au-dessus de la tarte aux fraises qui avait succédé à la fricassée d'agneau provençale, elle s'était écriée : « Si le pauvre petit se sentait tellement *étouffer,* t'aurais dû lui acheter une pompe pour l'asthme! Allez, sors avec nous, ça va te changer les idées!» Mais Geneviève avait prétexté qu'elle avait bu assez d'alcool comme ça pour la soirée, sans compter qu'elle avait rendez-vous le lendemain midi avec un certain Hubert rencontré sur un site Internet. Geneviève s'était d'ailleurs empressée d'aller quérir son ordinateur portable afin de leur montrer sa photo. «Qu'est-ce que vous en pensez?» avait-elle demandé. Comme pour justifier sa démarche, elle avait ajouté: «Il paraît qu'il faut remonter sur le cheval tout de suite après en être tombé.» Durant quelques secondes, Bénédicte et Rosalie avaient penché la tête à gauche puis à droite devant l'écran de l'ordinateur afin de mieux considérer le blondinet au nez chaussé de verres fumés et vêtu d'un t-shirt de Bart Simpson. «Ça sent l'ado attardé», avait tranché Bénédicte. «Ne le ramène pas chez toi», avait renchéri Rosalie. Cependant, Geneviève ne les écoutait plus que d'une oreille, car elle avait cliqué sur l'icône de son compte de courrier électronique afin de vérifier si, par hasard, Mathieu ne lui avait pas envoyé un brûlant courriel de repentir. Il n'en était rien. Geneviève était déçue — encore. Elle avait raccompagné ses invitées à la porte en traînant les pieds sur le plancher de bois franc de son petit appartement du Mile End qui embaumait la tomate, le thym, l'origan et le basilic. «T'es sûre que tu n'as pas besoin d'un coup de main pour la vaisselle?» avaient demandé, pour la forme, Bénédicte et Rosalie. «Non, avait soupiré

Geneviève, les yeux tout humides. Merci d'être venues, ça m'a fait du bien. »

Bénédicte écrasa sa cigarette sous sa sandale d'où débordaient ses orteils aux ongles écarlates :

— À l'heure où on va rentrer dans la place, tous les gars vont déjà être soûls ou ils vont déjà avoir jeté leur dévolu sur d'autres filles. Ou les deux.

À cet instant, Rosalie, qui était en train de faire glisser sur ses lèvres l'embout de son nouveau *gloss*, faillit en avaler le tube : « Shit de marde ! » glapit-elle.

Elle pivota sur ses pieds afin de faire dos à la rue. Elle se cacha le visage dans le cou de Bénédicte, laquelle souleva le menton et vit trois garçons descendre d'une Toyota Matrix. Les pans de leurs chemises à manches courtes flottant au vent, les poches arrière de leurs jeans déformées par leurs téléphones cellulaires et leurs paquets de cigarettes, ils traversèrent la rue et se dirigèrent vers le portier du B*** qui, sous le regard mi-blasé, mi-offusqué des gens qui attendaient en file, les laissa entrer.

— C'est Thierry ? demanda Bénédicte en même temps qu'elle tentait de déprendre ses cheveux qui restaient collés au *gloss* de Rosalie. Wow, ça sent bon, ce truc ! C'est ton ex ? C'est lui ? C'est qui ? Ça va, il est à l'intérieur. Mais c'est con, si tu le connais, il aurait peut-être pu nous faire entrer.

La file d'attente avança de quelques centimètres et Rosalie fit deux pas, la tête toujours fourrée dans le cou de Bénédicte dont le parfum capiteux commençait à lui tomber sur le cœur : elle se ressaisit donc sans trop de peine. Elle coula un regard vers la Toyota Matrix qui, contrairement à ce qu'elle avait d'abord vu, n'était pas bleu métallique, mais blanche. Elle sentit ses muscles se détendre :

— Je pensais que c'était Zachary, le frère de Thierry. Mais c'est bon. C'est même pas sa bagnole.

— Ça va, alors, souffla Bénédicte. De toute façon, qu'est-ce que ç'aurait fait que tu le revoies, lui ?

Rosalie grimaça tout en reprenant l'application de son *gloss* là où elle l'avait abandonnée. Comment Bénédicte pouvait-elle poser une telle question ? Rosalie lui avait pourtant raconté toute son histoire. Quatre mois plus tôt, lorsque Rosalie et Thierry avaient constaté (mais plus Thierry) que le quotidien avait tué leur désir et qu'ils en étaient ensuite venus à la conclusion (mais beaucoup plus Rosalie) que certaines pratiques alternatives n'étaient pas en mesure de le raviver, Thierry était allé dormir chez son frère Zachary. « J'ai besoin de réfléchir, lui avait-il expliqué. Tu ne m'en veux pas ? » Pendant cinq jours, Rosalie avait résisté à l'envie de lui en vouloir et, surtout (toutes ses amies lui disaient que c'était un exploit), à celle de l'appeler : vouloir réfléchir, se raisonnait Rosalie, est-ce que ce n'était pas ce qu'il y avait de plus sain pour l'avenir d'un couple uni depuis presque trois ans ? Rosalie avait fait le ménage des garde-robes et des armoires de leur appartement, semant dans le moindre recoin des pochettes de lavande, une herbe reconnue pour ses vertus relaxantes. Néanmoins, un sentiment d'angoisse poussait en elle. Le sixième jour, n'y tenant plus,

Rosalie était tombée sur la boîte vocale du portable de Thierry. Le septième jour, comme Thierry n'avait pas donné suite à ses trente-huit messages, Rosalie s'était présentée à l'appartement de Zachary. Celui-ci avait ouvert la porte, deux billets de vingt dollars entre ses doigts. « Euh… Rosalie ? s'était-il étonné en tournant la tête vers le salon, où Thierry prenait place sur le canapé. Je croyais que c'était… » Il avait reporté son regard sur elle : « Désolé. Notre livraison de poulet. » S'introduisant dans le vestibule sans qu'on l'y ait invitée, Rosalie avait étiré le cou : « Thierry ? Viens ici ! » Thierry était encore vêtu de son complet de travail, sa cravate dénouée autour du cou. En l'apercevant, il avait souri d'une façon crispée, puis il avait pris une longue gorgée de sa bière. Le téléviseur était allumé ; d'où elle était, Rosalie ne pouvait pas voir l'écran, mais une voix essoufflée parlait de trios gagnants et de mises en échec. Zachary s'était éclipsé dans la cuisine et Thierry s'était approché de la porte d'entrée. « Hé, salut », avait-il dit en lui collant une bise molle sur la joue. Salut ? s'était répété Rosalie : voilà tout ce qu'il trouvait à lui dire ? « On va continuer comme ça encore longtemps ? avait-elle aboyé. Tu rentres à la maison, ou quoi ? » Thierry évitait son regard. « Je ne sais pas, avait-il bafouillé. Le match est commencé, je peux t'appeler demain ? » Le regard de Rosalie avait croisé celui de Zachary, qui revenait de la cuisine avec deux bouteilles de bière, ses deux billets de vingt dollars dépassant maintenant de la poche avant de son jean. « *Le numéro 17 devra faire preuve de plus de matu-*

rité sur la glace… » affirmait maintenant la voix essoufflée de la télévision. Rosalie était restée plantée là, ne sachant trop quoi faire. Même si presque une semaine s'était écoulée depuis le départ de Thierry, Rosalie n'avait compris qu'à ce moment-là que tout était terminé entre eux. Ainsi, son « blocage » (c'était le mot qu'employait Thierry) allait avoir eu raison de leur couple. Mais Rosalie était trop secouée pour accepter cet état de fait. D'ailleurs, lorsque, plus tard, elle avait décrit la scène à ses amies, elle n'avait pu trouver une autre formule pour la qualifier que celle de « *twilight zone* ». « Rentre à la maison ! s'était-elle entêtée à marteler d'une voix qui frisait la détresse. Rentre à la maison avec moi ! Rentre à la maison ! » Thierry avait serré Rosalie dans ses bras : « Rends pas ça plus compliqué. J'ai beaucoup de respect pour toi. Mais il faut que je m'écoute. On est juste mal assortis à ce niveau-là. » Rosalie avait poussé Thierry et elle avait dévalé les marches du perron. Au moment où elle allait monter à bord de sa voiture, le livreur de poulet descendait de la sienne, une sous-compacte jaune criard. « Pardon », avait dit Rosalie. « Oui ? » avait fait le livreur. Il s'agissait d'un homme d'une trentaine d'années à la complexion vigoureuse, au teint éclatant et à l'attitude amène, mais la condition particulière dans laquelle se trouvait Rosalie la rendait insensible à toutes ces qualités. Sans plus attendre, elle avait saisi les deux boîtes en carton qu'il transportait ; leur couleur s'harmonisait à celle de la voiture et elles étaient attachées l'une par-dessus l'autre à l'aide d'un cordon. Elle les avait jetées par terre et les avait piétinées sans prêter attention aux « maudit crisse! » que piaillait à présent le livreur. Sur le perron, Thierry et Zachary observaient la scène d'un air abasourdi. « J'en reviens pas! avait crié Rosalie en donnant un dernier coup de pied sur un gobelet en styromousse. Pas, pas, pas! » « Ben maudit crisse! » continuait de couiner le livreur. Une fois dans sa voiture, Rosalie avait sorti un kleenex de son sac et épongé les coulisses de sauce brune sur ses talons hauts ainsi que les résidus de frites, de peau de poulet et de salade de chou crémeuse avant d'éclater en sanglots. Trois jours plus tard, après qu'elle les eut frottés avec une brosse en crin de cheval, vaporisés au silicone et même aspergés d'huile essentielle de lavande, ses souliers empestaient encore la volaille, ce qui lui avait fourni un excellent prétexte pour s'en acheter une nouvelle paire, plus jolie et plus chère, en cuir italien. Rosalie aimait ses nouveaux souliers et elle avait le sentiment que ses nouveaux souliers l'aimaient eux aussi. Ils ne s'éloigneraient jamais d'elle pour aller réfléchir, et ils n'exigeraient jamais d'elle des prouesses occultes dans la chambre à coucher.

Rosalie rangea son *gloss* dans sa bourse et elle en ressortit une cigarette qu'elle s'empressa d'allumer :

— Ç'aurait fait que j'aurais été très mal à l'aise, répondit-elle en crachant la fumée. Je n'aurais eu absolument rien à lui dire.

Bénédicte lui fit un clin d'œil :

— Tu aurais pu lui dire : « Salut, viande blanche ou viande brune? »

Bénédicte éclata de son rire nasal de cochonnet, rrhoinrrg! rrhoinrrg!, ce qui lui déformait le visage d'une façon telle que ses sourcils, encore une fois, étaient avalés par son front. Certes, Rosalie ne trouvait pas là matière à rire. Elle sourit néanmoins, mais ce n'était que par pitié pour Bénédicte, laquelle, au chapitre de l'hystérie, avait fait bien pire qu'elle la nuit où elle avait rompu avec son copain Nicolas. Au mois d'avril, lorsque celui-ci était rentré aux aurores, Bénédicte l'attendait au salon. Nicolas lui avait expliqué qu'il avait passé la soirée avec un client de Vancouver et qu'ils étaient allés discuter du Dow Jones et du Nasdaq autour d'une pizza à la sortie des bars. « Le mec était pas tuable, toujours trois heures plus tôt dans les Rocheuses, tu comprends? » Nicolas s'était obstiné à lui répéter que c'était la vérité jusqu'à ce que Bénédicte lui demande pourquoi, dans ce cas, il manquait deux condoms dans la boîte, brandissant un emballage vert criard de Life Styles grand format de derrière son dos et le secouant avec fébrilité dans les airs. « Tu comptes les capotes, maintenant? » avait rétorqué Nicolas. Il l'avait traitée de « pauvre pathétique », son visage se décomposant toutefois tranquillement. « C'est Sandrine!?! avait hurlé Bénédicte. La nouvelle à ton bureau, hein, je sais que c'est elle! » Devant le silence de Nicolas, Bénédicte avait soulevé de ses deux bras la table en chêne de la salle à manger et elle avait envoyé cette noble pièce de mobilier, héritage de son grand-père, s'écraser contre le mur de briques. Bénédicte criait, et ce cri l'avait surprise elle-même, car il semblait s'échapper de son ventre au lieu de sortir de sa gorge. Nicolas avait appelé le 9-1-1. Quelques minutes plus tard, deux policiers, un homme et une femme, s'étaient présentés à leur porte. Bénédicte était couchée en position fœtale sur le carrelage frais de la salle de bains. « Madame ? Votre conjoint nous dit que vous lui faites peur », lui avaient-ils platement annoncé. Bénédicte avait tenté de leur expliquer de la façon la plus claire possible les raisons de son comportement, terminant toutes ses phrases par « il manque deux condoms dans la boîte ». Mais est-ce que cela les intéressait vraiment ? La policière fixait d'un air admiratif la laveuse à chargement frontal en acier inoxydable dont Bénédicte avait fait l'acquisition quelques mois plus tôt. Finalement, les policiers avaient quitté l'appartement sans faire de rapport et, la semaine suivante, Bénédicte avait sous-loué le condo de sa cousine partie travailler à l'étranger, se résignant par le fait même à remiser ses propres meubles et électroménagers dans un entrepôt lugubre du sud-ouest de la ville.

À la fenêtre du quatrième étage de l'immeuble qui s'élevait de l'autre côté de la rue Laurier, et dont le rez-de-chaussée était occupé par un fleuriste, un homme chauve au torse nu couvert de poils fit son apparition. Il se pencha dans le vide en agitant les poings.

— Fermez vos gueules, gang de sauvages ! hurla-t-il. Il y a du monde qui dort ! Rentrez chez vous ! Câlisse !

Il disparut après avoir fait claquer les volets. Dans la file d'attente, on échangea des regards surpris, des rires discrets, quelques «c'est qui le sauvage?» et «méchant malade». Le portier du B*** descendit les quatre marches qui le séparaient du trottoir et il se dirigea vers la bande qui fumait des cigarettes et parlait fort près du pot de fleurs en grès.

— Federer, il est kaput comme champion!

— *No way,* il est sexy en plus.

Le portier leur adressa quelques mots. Il longea ensuite la file d'attente et il marmotta:

— Moins fort, s'il vous plaît. *Please, keep it down!*

Puis il alla reprendre sa position au sommet des quatre marches, où il fit craquer ses jointures.

— Il est vraiment myope, soupira Bénédicte en lui adressant une grimace.

Mais Rosalie ne l'entendit pas. Les yeux rivés aux volets qui venaient de battre dans la nuit, elle se remémorait un soir de l'hiver précédent. Thierry l'avait trouvée alitée avec un torticolis en train d'ânonner des prières pour s'endormir et oublier sa douleur. Il était allé engueuler les deux étudiantes de l'École nationale de théâtre qui habitaient le logement au-dessus du leur afin qu'elles fassent taire leur musique javanaise aux percussions insupportables. Rosalie se souvenait que quelques secondes à peine après que Thierry l'eut laissée seule dans la chambre à coucher, le sac magique brûlant entortillé autour du cou, lui promettant qu'elle trouverait le sommeil ou il ne s'appelait pas Thierry Gagnon, la musique s'était tue. Quel soulagement elle avait alors ressenti! Aussi Rosalie avait-elle attendu que Thierry revienne dans la chambre à coucher pour le remercier, pour lui dire qu'il était son héros, son Tarzan, son Superman, mais, au lieu de retourner auprès d'elle en regagnant leur appartement, Thierry était resté dans le salon à lire le journal. Rosalie s'était donc endormie bercée par le froissement des feuilles que l'on tourne, sans pouvoir dire à Thierry combien elle appréciait tout ce qu'il faisait pour elle. C'est pourquoi, encore aujourd'hui, dans ses moments de détresse les plus aigus, il lui arrivait de croire que ce n'était pas tant son « blocage » qui avait fait fuir Thierry que son inaptitude à lui dire combien elle l'aimait, combien il était bon pour elle. « Peut-être que sa masculinité en a souffert à la longue », disait-elle parfois à Bénédicte. Mais celle-ci protestait : « Arrête de penser que c'est toujours de ta faute, Rosalie. Regarde-moi : je n'avais *aucun* blocage avec Nicolas et c'est à peine si je ne lui donnais pas une médaille olympique quand il se souvenait de descendre les poubelles, et regarde *ça,* regarde ce qu'il m'a fait ! »

Deux ou trois minutes passèrent, durant lesquelles Rosalie et Bénédicte n'échangèrent aucune parole. Sans doute lasses d'attendre, une demi-douzaine de filles abandonnèrent la file, firent claquer leurs talons hauts sur la chaussée en poussant des cris et des éclats de rire puis sautèrent à bord d'un taxi-camionnette, dans un cliquetis de boucles d'oreilles et de bracelets. La file avança de quelques centimètres. En observant le groupe de filles qui s'agitaient dans l'habitacle, Rosalie se demanda où elles se dirigeaient : vers un autre bar ou, qui sait, vers une discothèque au plancher de danse gluant où elles se trémousseraient en buvant de la vodka de mauvaise qualité offerte par des garçons aux yeux vitreux? Rosalie aurait bien aimé savoir où Thierry passait ses samedis soir depuis qu'il avait emménagé chez son frère. Elle se demandait s'il ne s'ennuyait pas, lui aussi, de ce temps où ils passaient leurs soirées d'été à faire cuire du saumon en papillote sur le barbecue, à se baigner dans la piscine creusée de sa sœur à Pierrefonds, à se balader en Rollerblade sur le bord du canal Lachine ou à dévorer le dernier *Harry Potter,* couchés tête-bêche dans le hamac du balcon. Comme si elle pouvait lire dans les pensées de Rosalie, Bénédicte déclara tout à coup:

— Je suis super déprimée!

Rosalie sortit enfin de ses rêveries:

— Moi aussi.

— Tu sais ce qui me déprime le plus?

— Non.

— Même si Nicolas revenait en rampant pour me dire que ça n'a pas marché avec sa Sandrine, même s'il me suppliait pour qu'on reprenne, même s'il me demandait en mariage, je ne voudrais plus de lui. Je ne l'aime plus.

— Je trouve que c'est plutôt une bonne nouvelle.

— Au contraire! Je me sens vide. La peine et la colère, au moins, ça remplit.

Rosalie hésita quelques longues secondes avant de hasarder:

— Tu vas sûrement… oui… j'imagine… rencontrer quelqu'un d'autre?

Car on pouvait se le demander: avec cette nouvelle façon qu'avait Bénédicte de s'épiler les sourcils, la chose était-elle envisageable ? Rosalie n'était pas certaine si, en tant qu'amie, en tant que regard extérieur bienveillant, elle devait ou non glisser un mot à Bénédicte au sujet de ses sourcils. Bien entendu, cela aurait rendu service à Bénédicte de savoir qu'elle était, pour ainsi dire, défigurée. Mais Rosalie redoutait que son amie ne se fâche et que, par conséquent, elle ne se condamne — au rythme où allaient les choses, c'était une éventualité — à passer seule tous les samedis soir que lui réservait tout le reste de sa vie. Aussi répéta-t-elle en tâchant d'y mettre plus de tonus :

— Tu vas rencontrer quelqu'un d'autre !

— Ouais, consentit Bénédicte. Toi aussi. Bientôt, il y a un gars, quelque part, qui va tomber amoureux fou de toi.

La mine de Rosalie s'assombrit :

— Mais est-ce souhaitable ? demanda-t-elle. C'est Bukowski qui l'a dit : « L'amour sèche plus vite que le sperme. » Peut-être qu'il vaut mieux qu'on reste lucides, même si c'est angoissant ?

Bénédicte enfonça deux doigts au fond de sa bouche :

— Beurk, Bukowski ! Quand je rencontre un gars qui tripe sur Bukowski, c'est toujours un bipolaire crotté aux cheveux gras.

— Ça, c'est vrai, acquiesça Rosalie. Ce sont toujours des gars à problèmes.

— *Gars à problèmes,* répéta Bénédicte. Beau pléonasme !

Rosalie sourit à ce trait d'esprit avant de pouffer de rire, car Bénédicte était de nouveau secouée par son gloussement de cochonnet, rrhoinrrg! rrhoinrrg!, lequel, à la longue, s'avérait communicatif. Dans la file d'attente, quelques personnes dont les visages reluisaient sous la lumière jaune du lampadaire se retournèrent pour les observer, et les deux amies s'esclaffèrent de plus belle, comme si, maintenant que tous ces yeux étaient braqués sur elles, elles souhaitaient qu'ils le demeurent. Mais chacun se détourna et reprit sa conversation là où il l'avait abandonnée. Rosalie et Bénédicte retrouvèrent leur souffle.

— Est-ce que mon mascara a coulé? s'enquit Rosalie.

Bénédicte l'assura que non, mais Rosalie en douta, car en même temps qu'elle lui répondait cela, son amie, au lieu d'inspecter ses cils ou le contour de ses yeux, toisait un quatuor de garçons qui venaient de s'agglutiner au bout de la file, et dont le plus robuste n'était nul autre que ce Jean-Philippe qui, trois semaines auparavant, au plus fort du moment intime qu'il avait partagé avec elle, s'était écrié : « Oh, Valérie! Val! » Rosalie, néanmoins, oublia aussitôt la condition de son maquillage, et pour cause : au fond de sa bourse qu'elle tenait collée contre le flanc de sa poitrine, elle sentit son téléphone cellulaire ballotté par des vibrations, ce qui, comme par un effet de contagion quasi simultanée, la fit gigoter à son tour. Qui pouvait bien tenter de la joindre à cette heure si tardive? se demandait-elle tandis que ses doigts aux ongles rongés tiraient avec empressement sur la fermeture éclair. Bien entendu, il ne pouvait y avoir là mille possibilités, c'est pourquoi elle frétillait de la sorte, se félicitant intérieurement de ne pas avoir cédé à l'envie de laisser un message dans la boîte vocale de Thierry le jeudi soir précédent sous prétexte qu'elle recevait encore du courrier à son nom à l'appartement et que — pourquoi pas? tant qu'à y être? est-ce que ça ne faisait pas un bon bout de temps? — ils pourraient aller prendre un café. Parce que Rosalie avait réfléchi et qu'elle en était venue à la conclusion suivante : il valait mieux laisser Thierry lui revenir de son propre chef, ce qui ne tarderait pas à se produire. Car, en quatre mois, il était évident qu'il avait eu le temps de batifoler, de vivre les expériences dont il rêvait, et que cela lui avait fait prendre conscience du fait que la complicité partagée avec Rosalie durant trois ans était irremplaçable et pouvait très bien compenser ce « blocage » qui, après tout — Rosalie avait mené son enquête —, était le lot de quarante à soixante-quinze pour cent des femmes, suivant le site Internet consulté. C'était donc Thierry au bout du fil. Il rentrait d'une soirée, l'esprit sans doute réchauffé par l'alcool, ce qui lui enlevait toutes ses inhibitions et le connectait à son désir le plus profond : la retrouver, implorer son pardon, sa compréhension, sa bénédiction. Rosalie farfouilla dans sa bourse; elle effleura son *gloss,* son trousseau de clés, son porte-monnaie, son fard à joues, son tube de gouttes lubrifiantes pour lentilles cornéennes ainsi que quelques vieilles boulettes de kleenex avant de mettre la main sur son téléphone. Son calvaire allait prendre fin. Adieu les Normand mal dégrossis qui l'abandonnaient sur le coin d'une rue à quatre heures du matin ! Adieu les files d'attente, la lucidité angoissante, les pléonasmes cyniques ! Tout cela, à bien y réfléchir, ne lui ressemblait guère, et Bénédicte trouverait facilement une autre complice pour l'accompagner dans ses virées nocturnes au B***. Rosalie, elle, préférait le saumon en papillote et son hamac, voire, à la rigueur, ses torticolis.

Elle extirpa son téléphone de sa bourse, le déplia et le plaqua contre son oreille :

— Allo ?

Elle avait le souffle court et les joues cramoisies. Bénédicte l'interrogea du regard tout en replaçant sur sa nuque le fermoir de sa chaîne en argent. Rosalie écarquilla les yeux en direction du trottoir durant de longues secondes :

— Ça va passer, dit-elle enfin dans son téléphone. Mais non, tu n'es pas débile. C'est juste un sevrage. C'est comme arrêter de fumer. Ce sont les premières semaines qui sont difficiles.

Puis elle se tut et son discours ne fut plus ponctué que de « hum… » et de « oui… ». Elle raccrocha et elle hocha la tête : Geneviève, chez qui elles avaient mangé, était en larmes. Elle n'avait pas réussi à trouver le sommeil après leur départ, de sorte qu'elle avait enfourché son vélo en robe de chambre et avait fait irruption au restaurant du centre-ville où Mathieu était serveur, seulement pour découvrir qu'il ne travaillait même plus à cet endroit.

— Maudit couillon, rétorqua Bénédicte, stoïque, puis elle ajouta, songeuse : Mais à vélo en robe de chambre ? Fiou. Faut le faire.

Avant de remettre son téléphone cellulaire dans sa bourse, Rosalie regarda l'heure sur l'écran lumineux. Un long soupir resta collé au fond de sa gorge. Il était presque une heure du matin et il lui semblait que cet été ne se terminerait jamais.

L'apéro

C'est le mois de décembre et la neige n'a pas encore commencé à tomber. À l'occasion des trente ans de Josiane, Martin a réservé une suite dans un hôtel de la rue Saint-Paul. Le programme est le suivant : le vendredi, ils célèbrent son anniversaire en tête-à-tête ; le samedi, avec nous.

Samedi est enfin arrivé. À dix-huit heures, Carole entreprend d'incessants va-et-vient dans l'appartement. Elle essaie des robes et me demande mon avis. Je suis assis dans le salon avec mon bol de graines de tournesol, ma collation quotidienne. « Et ça ? Et ça ? » Elle ne me laisse pas vraiment le temps de répondre. Elle retourne dans la chambre où, la tête enfouie dans ses tiroirs, elle peste contre l'hiver qui la force à porter des bas de nylon, « l'accessoire féminin le plus inconfortable ».

— Ça reste pratique pour les voleurs de banques, lui fais-je remarquer.

Carole grimace ; c'est une fille douillette. Elle n'aime pas les tissus dans lesquels on transpire, ni les tissus qui piquent, ni ceux qui collent trop à la peau. Peut-être que ça a quelque chose à voir avec son métier de comptable, qui affectionne les colonnes de chiffres droites, toutes lisses, proprettes. Ou peut-être pas. Au fond, je m'en fiche, il y a longtemps que j'ai cessé d'essayer de la comprendre. J'ai les mains pleines d'écales humides, je vais les jeter à la poubelle et je rince le sel sur mes paumes.

— Et ça, qu'est-ce que tu en dis ? Oh, tu vas encore te ruiner l'appétit avec tes graines de tournesol !

Je sors prendre l'air. Dans la rue, je me heurte à une bande de chanteurs coiffés de bonnets à grelots qui essaient de propager l'esprit des fêtes. Je m'arrête un instant, j'allume une cigarette. Ils faussent terriblement, ce qui explique sans doute pourquoi le bocal à poisson rouge devant eux est vide. La boîte vocale de mon téléphone cellulaire l'est aussi, ça nous fait un point en commun, ce n'est rien à mon avantage. J'hésite un moment devant les touches du cadran. Elles brillent dans la nuit, petites sirènes prêtes à me faire entendre leur mélodie grisante, mais la soirée n'est plus très loin et je range l'appareil dans ma poche. Je poursuis ma promenade en me disant que les sirènes d'antan ont déserté les eaux froides des océans pour élire domicile dans les téléphones portables, dont les réseaux analogiques, numériques et satellites ont des proportions tout aussi épiques. C'est mon côté poète : j'ai fréquenté l'université. Je regagne la maison. Durant mon absence, Carole a résolu de mettre un jean et une camisole, comme quoi il ne faut jamais désespérer de l'espèce humaine. Elle emballe le cadeau de Josiane : un foulard en cachemire gris. Je dois l'aider. Il y a du papier collant, du papier de soie, des choux, des rubans, c'est très sophistiqué. Et ça ne s'arrête pas là : il y a aussi une carte. Carole en a choisi une garnie du dessin d'une fille maigre qui chevauche une moto et serre un gros chat mauve contre sa poitrine. À l'intérieur, elle a écrit tout un roman dans lequel il est question — je résume — de rêves, d'amour, de bonheur, d'épanouissement, de meilleure amie à jamais, d'équilibre. Je corrige les fautes de cette logorrhée mièvre et je signe dans le petit trou qui reste : « Bruno xxx ».

Il est dix-neuf heures trente. Je dis : « Bon, est-ce qu'on y va ? » L'impatience me gagne. Carole fait : « Oh, oui. » Bourré d'entrain, je mets mon manteau, mais dix minutes plus tard, elle est encore dans la salle de bains. « J'ai chaud », que je lui signale, planté dans le cadre de la porte. Elle tripote ses tubes de maquillage quelques minutes de plus. J'aperçois mon reflet dans la glace et j'en profite pour mettre un peu d'ordre dans mes cheveux. Avec mes boucles à la Petit Prince, j'ai une belle gueule. Dans le taxi, Carole se love contre moi et me demande pardon. Son baiser me laisse la bouche collante. Elle me dit que c'est son baume au miel pour les lèvres et elle me tend un mouchoir.

Martin nous ouvre la porte. Cigare au coin des lèvres, col de chemise déboutonné, il veut se donner un style. Je lui serre la main, il nous débarrasse de nos manteaux. François et Myriam sont déjà là, blottis sur le canapé en cuir, ils fument des cigarettes et sirotent des kirs. Martin nous demande ce qu'on veut boire pour l'apéro. On prend la même chose. Comme un adolescent dans le sous-sol de ses parents, Martin s'est patenté un bar dans un coin de la pièce, sur une simple table. Les seaux à glace débordent de bouteilles de bourgogne aligoté. Il y a aussi des alcools forts et du sirop de cassis.

— Où est la fêtée? s'enquiert Carole.

J'aimerais bien qu'on me le dise, à moi aussi, mais je reste discret. Je fais le tour des lieux, je joue au gars curieux, voire impressionné. Il y a un mur de briques et trois grandes fenêtres drapées de rideaux écrus qui s'ouvrent sur une cour intérieure. Celle-ci est recouverte d'un tapis de brins d'herbe gelés. Sur le site Internet de l'hôtel, j'ai vu une photo de la terrasse tout en fleurs que l'on aménage dans cette cour durant l'été, et ça n'a rien à voir avec le paysage désenchanté qui s'offre là. J'ai aussi vu les photos des « suites supérieures », et Martin n'a pas choisi la plus luxueuse, malgré ce qu'il prétend. J'aurais pourtant été prêt à parier que, depuis qu'il avait été nommé directeur du marketing d'une compagnie de beignes, Martin dépenserait enfin son fric autant qu'il nous l'avait toujours laissé croire. À mon avis, il n'y a rien de pire qu'un vantard combiné avec un radin combiné avec un vendeur de petits gâteaux industriels. Le plafond est traversé de poutres en bois et de tuyaux métalliques dans lesquels se réfléchissent les teintes caramélisées des planchers de merisier. Le lit est grand, trop grand pour deux, enterré sous un tas de coussins et d'oreillers blancs. Carole s'assoit sur un coin. Je fais pareil, du bout des fesses.

— Elle ne devrait pas tarder, dit Martin en nous apportant nos kirs. Elle est allée faire un tour au spa.

« Oh wow ! Un spa ! » roucoule Carole en posant une main sur ma cuisse. Elle a fait la même chose dans l'ascenseur cinq minutes plus tôt, quand elle a aperçu la photo d'une femme au dos nu couchée sur le ventre, une serviette sur ses fesses bombées, un air d'extase peint sur son visage : SPA SUBLIME AU DIXIÈME ÉTAGE AVEC VUE SPLENDIDE SUR LE FLEUVE. Il est d'une prétention, cet hôtel. Je me demande si Martin sait qu'il s'agit en réalité d'un ancien hôpital vétérinaire pour chevaux. Depuis quelque temps, on fait tout un plat de ces hôtels boutiques, mes collègues des cahiers « Tendances » ou « Sortir » — ça revient au même — leur consacrent des pages entières, mais quand on y regarde de plus près, ce ne sont que des ruines en mal de vocation où l'on vous invite à dormir pour trois cents dollars la nuit là où jadis on euthanasiait des picouilles.

Une sonnerie sirupeuse retentit. « *Room service !* » Deux employés entrent, poussant un chariot rempli d'assiettes de sushis multicolores. Martin est en train de leur remettre un pourboire lorsque Josiane apparaît. Pantalon de jogging bleu, t-shirt moulant, peau de porcelaine, cheveux huileux, baskets aux lacets détachés, cette fille a l'éclat d'une ampoule électrique. Elle déclare qu'elle vient de se faire enduire le corps de cacao et nous prie de l'excuser le temps qu'elle prenne une douche. Elle disparaît derrière une lourde porte en miroir, dans laquelle Martin s'observe avant de faire sauter un bouton supplémentaire au col de sa chemise.

Il a un grain de beauté sur le coin des lèvres. Un jour, il va falloir que quelqu'un lui dise que ça ressemble à un feu sauvage quand on regarde vite, ou de loin.

Myriam me frôle en se dirigeant vers le chariot de sushis. Ses cheveux noir corbeau laissent voir sa nuque élancée. Elle porte une minijupe et un décolleté plongeant avec l'assurance de celles qui savent qu'elles ne pourront bientôt plus se le permettre. Elle dispose les assiettes sur la table à café. Martin met le dernier Morcheeba dans le lecteur de CD, François roule un joint et Carole se tourne vers moi :

— Est-ce qu'elle a bien dit du cacao ?

Ses narines frémissent. Je l'embrasse, mais c'est pour les mauvaises raisons. Pour qu'elle se taise, par exemple, et pour chasser l'émoi dans lequel m'a plongé l'apparition de Josiane. Ça ne sert pas à grand-chose. Carole se remet tout de suite à parler de ce qu'elle veut faire pour ses trente ans *à elle,* en avril prochain. J'encaisse son babil effréné à propos d'hôtels champêtres, de tables à quatre fourchettes, de vêtements griffés, jusqu'à ce que Josiane émerge enfin de la salle de bains vêtue d'une robe noire surpiquée de froufrous coquins. Martin lui sert un apéro pendant qu'on se précipite tous sur elle pour lui faire la bise et lui souhaiter un joyeux anniversaire. Mon tour venu, je lui murmure au creux de l'oreille de me rejoindre dans le hall de l'hôtel, après quoi je lance à la cantonade qu'il manque des baguettes pour les sushis. Tandis que je franchis la porte, j'entends Myriam jurer qu'elle en a pourtant vu quelque part dans des sachets en papier, mais François réplique qu'elle a dû tirer trop fort sur le joint, Martin dit « comme d'habitude ! » et après, je ne sais plus, parce qu'il faut bien que la porte se referme.

Dans l'ascenseur, je dis bonsoir à un homme et à une femme d'une cinquantaine d'années, puis je retire les paquets de baguettes de mes culottes parce que ça me démange.

— Vous aimez votre séjour ? que je leur demande.

L'homme me sourit. C'est un type qui a dû faire des conneries dans sa vie, lui aussi.

— *A bit cold, but very pleasant.*

Ils sont originaires de Toronto.

— *Hope you don't plan to eat with those,* souffle la femme.

Elle a sans doute un fils de mon âge. Les portes s'ouvrent au rez-de-chaussée, je leur cède le passage, je flanque les baguettes dans l'âtre du foyer. Elles s'embrasent. Je me laisse tomber sur une causeuse en cuir, le même modèle que dans la chambre, et je grille une cigarette. Il doit me rester de cette saloperie de baume au miel sur les lèvres parce que le filtre devient tout gluant. J'essuie ma bouche sur la manche de mon chandail. Josiane sort de l'ascenseur et marche d'un pas rapide jusqu'à moi. Cette fille est si belle qu'elle aurait pu être mannequin ou actrice. Au lieu de cela, elle est recherchiste pour une émission de radio. Un truc stupide sur la consommation, où l'animateur vous dit si les poireaux coûteront moins cher que les radis cette semaine.

— T'as trois minutes! glapit-elle. J'ai dit que j'avais oublié mon portefeuille au spa.

Je la prie de s'asseoir à mes côtés. Je ne sais pas par où commencer. Je crains toujours le défaut d'élocution devant cette fille, l'incapacité d'aligner mes mots. Elle prend une bouffée de ma cigarette et je glisse une main dans ses cheveux humides.

— Écoute, Josi, merde. Je sais qu'on s'était dit qu'on arrêtait, mais c'est difficile. Je pense toujours à toi.

Elle se rencogne dans la causeuse et croise les jambes. Elle fixe le feu. Les baguettes ne sont plus qu'un tas de cendres.

— Moi aussi, Bruno, je pense à toi.

Entre nous, c'est vachement compliqué. Pour l'instant, elle me laisse lui caresser la nuque, les cheveux et le visage, même s'il y a quelques membres du personnel de l'hôtel dans le hall qui ont dû l'apercevoir avec Martin depuis leur arrivée ici hier. Josiane aime le risque, mais toujours calculé. Le premier après-midi où l'on s'est retrouvés ensemble, c'était chez elle, en l'absence de Martin, qui ne rentre jamais avant six heures, tout absorbé qu'il est par le sort de ses beignes. Josiane avait attendu cinq heures avant de me mettre à la porte. Un jour où j'étais particulièrement en forme, on avait étiré ça jusqu'à cinq heures et demie. On se débrouillait ainsi depuis le début de l'automne, jusqu'à ce que Josiane me confie, il y a deux semaines, qu'elle ne savait plus où elle en était. Une connerie. Maintenant, juste en la regardant, je peux presque deviner les battements de son cœur au creux de ses pupilles. Je vois bien qu'elle regrette. Mon téléphone cellulaire sonne.

— La Maison Blanche, on vous écoute?

— T'es encore au restaurant?

C'est Carole.

— Ouais.

— Tu veux rapporter trois ou quatre bouteilles de Perrier?

Je dis oui et je raccroche. Je me tourne vers Josiane et je replonge mon regard au fond du sien. Elle m'ordonne d'arrêter de faire cette tête-là, mais comment un homme est-il censé regarder la femme qui l'empêche de dormir, celle pour qui il deviendrait botaniste afin de créer une rose du même bleu que ses yeux, celle pour qui il passerait ses dimanches à faire de la soupe au lieu de suivre le football? Josiane riposte que je ne sais même pas comment ouvrir une boîte de conserve, je dis, d'accord, je m'emporte, ce ne sont que des exemples. Je change de sujet.

— C'est quoi, cette histoire de cacao?

— Je ne sais pas. Il paraît que ça pénètre dans les pores et que ça donne de l'énergie.

Je lui demande si ça fonctionne. Elle hausse les épaules et enfouit son visage dans mon cou. Sa respiration fait une petite brise dans mes cheveux, cette fille est sensuelle même dans son désœuvrement. Ses cils me chatouillent, mais je fais un effort pour ne pas me tortiller, car ça ne ferait pas très masculin. Jamais encore il n'a été question que je quitte Carole ni qu'elle quitte Martin. Peut-être le moment est-il venu de lancer l'idée ? Aussitôt les paroles tombées de ma bouche, je la sens se raidir dans mes bras. Elle lance : « Es-tu fou ? » Elle ajoute qu'elle est bien avec Martin, qu'elle n'a pas envie que sa vie soit bouleversée. Tout à coup, je pense à cette fille maigre qui chevauche une moto et serre son gros chat contre sa poitrine et je me dis que ce dessin nous ressemble. D'une façon symbolique, je veux dire, à un deuxième degré, il est clair que je suis la moto et que Martin est le chat. Mon téléphone sonne de nouveau.

— James Bond ?

— T'es toujours au restaurant ?

C'est Myriam.

— Qu'est-ce que tu veux ?

— Je préfère le San Pellegrino. Les bulles sont plus petites.

— Dix-quatre.

Je m'apprête à raccrocher quand elle couine :

— J'aimerais te parler ce soir.

— Tu crois que c'est le moment ?

Le téléphone de Josiane sonne à son tour et il y a toute une cacophonie. Elle se lève et va décrocher plus loin, derrière un sapin de Noël dodu dont les branches croulent sous les lumières, les étoiles, les petits anges et les cannes en bonbon.

— J'en ai assez, tempête Myriam à l'autre bout du fil. Ça fait trois mois que tu dis ça.

Je lui ordonne de se calmer si elle ne veut pas gâcher la soirée. Elle m'informe qu'elle s'est enfermée dans la salle de bains avec son troisième kir, à l'abri des autres, qui en sont à leur quatrième. Elle me décrit le bain-tourbillon et la douche à jets multiples. Je parie qu'elle a quelque chose de cochon en tête. Je l'interromps.

— Mes piles sont mortes.

— Ne bouge pas, je descends!

— Non!

Je raccroche. Josiane revient vers moi.

— Martin a trouvé mon portefeuille sur la table de chevet. Il faut que je retourne.

— Tu aurais pu l'apporter avec toi, Josi!

Elle appelle l'ascenseur et croise les bras sur sa poitrine. Elle dit qu'elle ne sait plus où elle en est. Elle me reproche mon insistance et m'accuse de rendre la situation encore plus difficile.

— C'est mon anniversaire, merde. ·

Elle me sourit tristement pendant que les portes de l'ascenseur se referment sur elle. Je réfléchis: l'amour fait mal, l'amour rend fou, et puis, au bout du compte, il déçoit. J'ai le casting pour faire le Je dans une chanson triste. Je donne une pichenette sur la tronche d'un ange suspendu au sapin. Au restaurant, on veut m'assigner une place. « Fumeur ou non fumeur? » L'éclairage est tamisé et la clientèle clairsemée. Je me dirige vers le bar, où je commande quatre bouteilles de Perrier, une bouteille de San Pellegrino, six paires de baguettes à sushis et un kir, pourquoi pas. Près des fenêtres, le couple que j'ai croisé plus tôt dans l'ascenseur est attablé. La femme étudie son menu en jouant avec son collier de perles. L'homme épluche la carte des vins, présentée sous une reliure de cuir. C'est décidé : ce soir, je deviens un héros. Je les quitte toutes. Je vais secouer ces chaînes qui m'étouffent, goûter à la paix, au calme, à la liberté. Oui, c'est vraiment décidé. « Quarante-trois dollars », me dit la fille derrière le bar. Et quoi, encore ? J'ai envie de répliquer « Chambre 505 » et de signer la note au nom de Martin Desrochers. Pas de doute que mon salaire de journaliste à la rubrique des chiens écrasés a tout à envier au sien, mais j'ai ma fierté. Je paie en espèces. Myriam grimpe sur le tabouret à côté du mien. Sa minijupe se plisse et découvre ses cuisses bien galbées.

— J'ai dit que j'avais oublié mon cellulaire dans la voiture. Pourquoi tu me fuis tout le temps ?

Il y a des gens à qui l'on doit tout répéter trois fois. Avec Myriam, parce qu'elle croit avoir toujours raison, il faut multiplier par quatre. Alors, j'y vais. J'enclenche la cassette. Comme toutes les fois où l'on s'est retrouvés seuls depuis la fin de l'été, je lui explique que je n'en peux plus de mentir à Carole. Mon choix est fait : c'est avec elle que je veux vivre ma vie. M'investir, me surpasser, me reproduire, et tout le reste. Myriam prend une lampée de mon kir sans me lâcher des yeux, elle fait battre ses cils, retrousse sa lèvre supérieure. Elle se lance dans son numéro de femme-enfant tristounette. Grâce à ses études en psychologie, cette fille a mis au point des techniques de manipulation incendiaires. Autrement, elle passe ses journées à faire la tournée des pénitenciers de la métropole pour écouter des confidences de détenus. Elle a un faible pour les voyous, c'est évident, parfois je me dis que c'est pour cela qu'elle a du mal à m'oublier, mais il va falloir qu'elle se fasse à l'idée. Je tente de l'encourager : Frank est un chic type. Il prend soin d'elle. Ils pratiquent le même métier. C'est très important, tu sais, ma chérie, les intérêts communs. Quand on aura soixante-dix ans, mis à part nos régimes de retraite, on n'aura plus que ça à partager, ou presque.

— Ne me dis pas ce que je dois faire. C'est avec toi que je suis bien, j'en ai marre de chier mon cœur tous les trois jours dans la boîte vocale de ton portable.

Il sonne à ce moment précis.

— En parlant du loup.

— Je pensais que tes piles étaient mortes !

Je flanque un doigt sur ses lèvres.

— Le Pentagone, bonjour ?

— On meurt de faim, qu'est-ce que tu fous ?

C'est Martin. Je lui dis que je suis en chemin mais que je ne me souviens plus du numéro de la chambre. Il l'a oublié, lui aussi. Myriam aspire mon doigt dans sa bouche et elle le mordille, le suçote, le ronge, le tète, le mâchonne. Carole prend l'appareil.

— Alzheimer ! C'est 505. Grouille !

Je raccroche.

— Rends-moi mon doigt.

Myriam hoche tranquillement la tête. Elle ne lâche pas prise. Son palais et sa langue exercent une succion puissante sur mon index. Elle y va fort, la sauvageonne, elle aime ça. Quand elle le recrache, il est rouge vif et pisse la salive. Je l'essuie sur mon jean. Myriam saute de son tabouret et prend les six paquets de baguettes, je prends les cinq bouteilles d'eau gazeuse et cours à sa suite. Dans l'ascenseur, je la plaque contre le mur et j'enfonce ma langue dans sa bouche. Le cul bombé de la fille qui se fait bichonner au spa sublime m'arrive droit dans la figure. Je bande. Au quatrième étage, Myriam se tortille et pousse des soupirs. L'ascenseur stoppe au cinquième, je lui dis d'aller faire un tour jusqu'au huitième pour ne pas qu'on regagne la chambre en même temps. Elle me traite de salaud et me fourre les baguettes dans la bouche. Je ne peux rien répliquer.

Une odeur d'eucalyptus flotte dans le corridor. Devant la porte de la chambre 505, je ferme les yeux et j'attends. Je pense à des trucs pour m'aider à débander. Aux chanteurs en bonnets à grelots. À la ville de Toronto. De retour dans la chambre, je crache les baguettes sur le lit.

— T'es allé les chercher en Chine? pépie Carole.

— Tu veux dire au Japon, ma puce.

— J'espère que tu as mis les bouteilles sur la note de la chambre, trompette Martin.

— T'occupe, lui dis-je.

Myriam revient deux minutes plus tard.

— Tu l'as trouvé? lui demande François.

— Entre les deux sièges, rétorque-t-elle en brandissant son appareil.

Dans les seaux à glace, les bouteilles de bourgogne aligoté sont renversées. Martin les balance dans un sac et les remplace par des bouteilles de chardonnay. Mon kir traîne encore sur la table de chevet. Il est tiède, mais je le termine quand même. Josiane est dans la salle de bains, elle rince les verres qui ont été utilisés pour l'apéro, car il n'y en a plus assez pour le repas. Martin a fait une gaffe, m'explique Carole en appliquant une nouvelle couche de baume au miel sur ses lèvres. Il voulait allumer les chandelles sur la table, mais il a accroché les verres avec la manche de sa chemise déboutonnée. Résultat, il y a trois verres en moins.

— Mais qu'est-ce que tu as au doigt? s'exclame-t-elle tout à coup.

Mon index ne s'est pas remis de l'attaque de Myriam. On dirait même qu'il est un peu plus violet. Je l'observe d'un air médusé. Du coin de l'œil, j'aperçois Myriam qui tire sur sa cigarette l'air de rien pendant que François renverse la tête et met des gouttes rafraîchissantes dans ses yeux. Martin cherche un autre CD à faire jouer. Je fronce les sourcils. Sans trop réfléchir, je lâche :

— J'espère que ce ne sont pas les graines de tournesol.

Carole arrondit la bouche.

— Tu es retourné à ce magasin pourri de produits en vrac?

Depuis qu'elle a découvert dans ses canneberges séchées une rognure d'ongle assez épaisse pour être celle d'un gros orteil, on s'est promis de boycotter cet établissement bon marché de notre quartier. Promesse à laquelle je n'ai jamais manqué, d'ailleurs.

— Je te répète toujours d'aller à la fruiterie!
Je refronce les sourcils. Je suis très nerveux.

— Tu penses que ça pourrait être un parasite tropical, ou quoi?

Comme elle ne dément pas mes doutes, j'annonce que je pars à la recherche d'un désinfectant. Dans la salle de bains, Josiane essuie les verres à vin avec du papier cul. Je lui fais remarquer qu'elle est une ménagère vraiment médiocre. Elle me demande ce que je veux. « De l'onguent », que je lui dis en lui montrant mon doigt. Elle a un mouvement de recul, puis elle pose le verre et prend ma main dans la sienne.

— Mais qu'est-ce que c'est?

Je soupire.

— D'après toi, hein? C'est de l'urticaire. Un truc nerveux. Tu vois comme tu me rends fou?

Elle jette un œil sur la porte restée entrouverte. La bretelle de sa robe glisse sur son épaule. Je la remets en place et lui caresse la joue de ma main intacte. Elle laisse ma bouche effleurer la sienne. Puis je lis sur ses lèvres: « Mercredi. » Elle sort avec ses trois verres mal lavés après m'avoir refilé un tube de crème hydratante. J'en mets un peu sur mon doigt, et ce qui m'arrive alors est vraiment spécial. Pendant un moment, je crois que j'ai développé une urticaire due au stress occasionné par un chagrin d'amour. Mais très vite, je me souviens que j'ai attrapé un parasite dans un sac de graines poisseuses, un ver venimeux ou une bactérie pathogène. Je mets de longues secondes, une éternité à me remémorer la bouche caverneuse de Myriam. Aussi faut-il que je m'agrippe au comptoir, car ces strates de mensonges m'étourdissent, elles m'écartèlent la conscience. Les autres m'appellent, ils scandent qu'ils ont faim, je me ressaisis. Je m'asperge la figure d'eau froide, je m'éponge avec une serviette et, sans plus tarder, je vais les rejoindre.

Lac sauvage

Les autres préparaient la fête du samedi soir. Ils décoraient la salle de séjour avec des banderoles multicolores, plaçaient des bols de chips sur les tables, faisaient des tests « un deux, un deux » dans le micro et cherchaient des CD dans une grosse boîte. Quand tous les moniteurs ont eu le dos tourné, j'ai montré mon pouce en l'air à Flavie parce que c'était le signal qui avait été convenu, et Annie et moi on est sorties, en marchant au début, puis en courant une fois rendues aux escaliers. On a passé la porte, il n'y avait personne en vue, on a traversé le stationnement et on a pris le petit chemin.

— Tu vas parler, a dit Annie. Si c'est toi qui parles, maman pourra pas dire non à son petit bébé.

J'ai dit à Annie que je n'étais plus un petit bébé et je me suis mise à chanter pour répéter le numéro que je présentais avec Flavie à la fête du samedi soir : « *If you want my love, nananana… For me, nanan… han!* »

Je ne savais pas toutes les paroles par cœur, mais ce n'était pas grave. Flavie avait décidé qu'on miserait sur les steppettes.

— Marche plus vite, m'a dit Annie.

Ça faisait deux semaines qu'on était au camp de vacances et on devait repartir le lendemain, mais Annie ne voulait plus rien savoir de rentrer parce qu'elle était amoureuse de Gabriel, un garçon du groupe des Guimauves qui passait tout l'été ici. Le matin, ma sœur m'avait parlé de son plan : on attendrait le bon moment, puis en cachette on irait jusqu'au téléphone public situé sur le bord de la route. La veille, Annie avait demandé à sa monitrice Libellule si elle pouvait utiliser le téléphone dans le bureau, mais Libellule lui avait dit qu'il était interdit aux campeurs d'appeler qui que ce soit, sauf si c'était urgent. Annie n'avait pas insisté. Elle n'aimait pas Libellule parce que, la semaine précédente, elle l'avait obligée à faire de l'escalade, et Annie a le vertige, elle ne sort même pas sur le balcon quand on va en visite chez mon oncle Henri qui habite au cinquième étage. En tout cas, si maman nous donnait la permission de rester, elle n'aurait qu'à téléphoner elle-même à la propriétaire du camp pour lui dire qu'elle nous garde encore une semaine, mais pas plus longtemps parce qu'après ça papa nous emmenait à la mer.

Le petit chemin qu'on suivait était en gravier. Il était bordé de buissons, d'érables et de bouleaux. Le bouleau, c'est mon arbre préféré parce qu'il n'a pas d'écorce, juste une peau très lisse, blanche ou beige, parfois presque rose. Depuis mon arrivée au camp d'été, j'avais commencé une collection de peaux de bouleau. Je tirais tranquillement sur les petits bouts secs qui font des frisettes sur les troncs et ils se décollaient. Des fois, les morceaux de peau étaient vraiment gros, ils pouvaient s'allonger sur presque tout le tour de l'arbre. Flavie disait que je n'étais pas gentille de faire ça aux arbres parce que ça doit leur faire mal. Elle savait toute la quantité de peaux que je ramassais parce que, pour les aplatir, je les plaçais sous mon matelas, et Flavie, elle dormait dans le lit en dessous du mien. Pour me défendre, je lui expliquais que la peau du bouleau repousse très vite, mais je n'étais pas sûre que ce soit vrai.

Annie marchait plus vite que moi et j'avais de la difficulté à rester à sa hauteur.

— Attends-moi!

Annie a dit qu'on n'avait pas de temps à perdre.

Pourtant, au début, ma sœur ne voulait même pas venir ici. Un soir où on faisait nos devoirs dans la cuisine, maman avait collé sur la porte du frigidaire une brochure avec des photos d'enfants qui jouaient dans l'eau et elle avait dit : « Regardez, vous allez là-bas cet été, les filles. » Comme si elle n'avait rien entendu, Annie avait demandé : « Maman, c'est quoi, la date de la Révolution française? » Moi, pour faire comme elle, j'avais répété ma leçon tout haut : « Le marsouin est un mammifère marin. » Maman s'était fâchée : « Vous êtes pas contentes? » Annie lui avait dit que non et, les jours suivants, elle avait boudé parce qu'elle pensait que ce serait comme la garderie. Un matin, elle avait arraché la brochure de la porte du frigidaire et on l'avait déchirée ensemble. « Maman retrouvera pas l'adresse », avait dit Annie, mais finalement, elle n'en avait même pas eu besoin parce qu'elle nous avait laissées dans le stationnement d'un centre commercial, et c'est un autobus jaune qui nous avait transportées jusqu'au camp.

Maintenant qu'Annie voulait rester plus longtemps, je faisais semblant que moi aussi ça me tentait, mais ça ne me dérangeait pas qu'on s'en retourne le lendemain. J'avais hâte de classer toutes mes peaux de bouleau dans un album et j'en avais assez de coucher dans le lit à deux étages : j'avais peur de tomber pendant que je dormais. En plus, à la cafétéria, Dolorès, la madame qui s'occupait de la nutrition, faisait le chocolat chaud avec de l'eau, même pas avec du lait. Une fois, la date limite de consommation de mon yogourt était dépassée de trois jours. Je le lui avais rapporté pour qu'elle me l'échange contre un autre, mais elle m'avait dit de le manger vu qu'il y avait des enfants du tiers-monde qui mouraient de faim, comme si je ne le savais pas déjà. Finalement, j'étais retournée m'asseoir avec mon yogourt et je l'avais donné à Flavie.

Peut-être que j'aurais voulu rester ici plus longtemps, moi aussi, si j'avais réussi à me noyer dans le lac pour que Wapiti mon beau moniteur me fasse le bouche-à-bouche et qu'il devienne amoureux fou de moi. Mais je n'avais pas pu réaliser mon projet. Chaque fois qu'on faisait du canot, il fallait porter le gilet de sauvetage et Tarentule, l'autre monitrice, nous chicanait si elle voyait qu'on ne l'avait pas zippé jusqu'au menton. Les seules fois où on n'était pas obligés de le mettre, c'est quand on nous donnait la permission de nous baigner dans le pas creux, mais je n'y allais jamais parce que Jasmin, qui vient ici tous les ans, m'avait raconté qu'une fille avait vomi du sang pendant quatre jours il y a deux étés après s'être fait attaquer par une sangsue venimeuse qui se cache quelque part dans le sable. Au chalet de ma tante Monique, il y a des sangsues dans le lac, mais on se baigne avec des vieilles godasses, et si jamais elles nous attaquent quand même, il paraît qu'on a juste à verser du sel dessus pour qu'elles ratatinent et meurent. Ici, ce n'est pas pareil. Jasmin m'a expliqué que c'est un lac sauvage, et c'est pour ça que la sangsue crache du venin.

Quand on allait en canot, je faisais équipe avec Jasmin. Il me laissait asseoir dans le canot près de la pelouse et il le poussait jusqu'au lac, comme ça je n'avais pas à marcher dans le sable mouillé et à risquer de me faire mordre par la sangsue. Il courait le danger pour moi. J'aurais peut-être voulu rester aussi si Jasmin n'était pas parti : mais, au début de la semaine, pendant qu'on interprétait la nature dans la montagne, il s'était fait piquer par une abeille. Il avait gonflé tout d'un coup et Tarentule avait dû courir avec lui dans ses bras jusqu'à l'infirmerie. Le soir, quelqu'un de sa famille était venu le chercher, et ensuite je n'ai plus entendu parler de lui. J'espère qu'il est guéri.

Annie a serré sa queue de cheval bien haut sur sa tête. Elle a dit que, si maman refusait qu'on reste plus longtemps, elle ne reverrait plus jamais Gabriel de sa vie parce qu'il habitait à l'autre bout du monde, encore plus loin que là où pépé demeurait, et pépé, ça prenait une heure d'auto pour aller le visiter dans sa résidence où il jouait aux cartes avec d'autres vieux messieurs. À la fin, pépé pissait dans son pyjama, et maintenant, il est mort. Maman dit qu'il est toujours là quelque part, comme un ange gardien autour de nous; il paraît qu'on peut même lui parler, mais je n'ai pas encore essayé, je trouve ça beaucoup trop épeurant.

Je me suis arrêtée pour cueillir quelques framboises dans les buissons et j'ai rattrapé Annie en trottinant.

— En veux-tu?

Elle a dit qu'elle n'avait pas faim, alors je les ai toutes ingurgitées. Ensuite, j'ai essuyé mes mains pleines de jus de framboise sur mon pantalon et j'ai pensé que je n'aurais pas assez de linge propre pour rester une semaine de plus.

— Si quelqu'un se rend compte qu'on est parties, qu'est-ce qu'elle va dire, ton amie Flavie?

C'était une bonne question. J'avais dit à Flavie de nous couvrir si jamais les moniteurs nous cherchaient, mais je n'étais pas certaine que ce soit une bonne idée parce qu'elle n'aurait jamais trouvé un bon mensonge. Flavie n'était pas très futée, c'est pour ça que ça ne m'avait pas dérangé de lui refiler mon yogourt pourri l'autre matin, je savais qu'elle ne le remarquerait pas. La seule chose qui préoccupait Flavie, c'étaient ses cheveux. C'était à cause d'eux si on s'était parlé la première fois. On venait d'arriver et on s'installait dans le dortoir. Flavie avait le lit en dessous du mien. J'étais en train de dérouler mon sac de couchage et elle était montée dans mon échelle : « Veux-tu brosser mes cheveux? Ils sont tout mêlés à cause du vent dans l'autobus. » Je suis descendue et elle m'a tendu sa brosse. Je me suis assise sur son lit et elle s'est mise à genoux en me tournant le dos. Il y avait plein de nœuds dans ses longs cheveux noirs. Alors j'ai tiré fort. Flavie s'est mise à hurler. Elle m'a expliqué : « Il faut que tu y ailles touffe par touffe, et tiens bien le haut de chaque couette avant de la brosser. » Ça m'avait pris quinze minutes pour faire sa tête au complet. J'avais remarqué qu'elle se peinturait les ongles d'orteils et je m'étais dit que c'était une fraîche pette, mais elle était devenue mon amie quand même parce que les autres filles dans le groupe l'étaient encore plus qu'elle.

Depuis le départ de Jasmin, Flavie acceptait de pousser le canot jusqu'au lac pour que mes pieds ne touchent pas le sable. Le problème, c'était qu'elle ne poussait pas aussi vite que Jasmin, et le canot chavirait presque tout le temps avant même d'entrer dans l'eau. Flavie se fâchait pour que je descende du canot et que je vienne l'aider, mais j'avais juste à dire que je ne brosserais plus ses cheveux et elle se remettait à pousser. Chez elle, il paraît qu'elle a une collection d'élastiques à cheveux, mais elle ne les a pas apportés au camp parce qu'elle avait peur que les boules de couleur et autres décorations se cassent. Elle m'a dit que, pour qu'on reste amies après le camp d'été, elle m'enverrait par la poste les modèles d'élastiques qu'elle a en double. Moi, je ne peux pas lui donner de peaux de bouleau parce qu'elles sont toutes différentes.

J'ai regardé le ciel. Normalement, les nuages

peuvent ressembler à des choses que je connais, des animaux, des objets ou des personnes, mais cette fois, ils ne me faisaient penser à rien. C'étaient juste des nuages parce que j'essayais de suivre Annie, et elle marchait trop vite pour que je puisse les observer attentivement.

— Déniaise-toi, Véro.

Devant nous, on ne voyait pas encore la route et, derrière nous, le camp avait disparu. Je me suis approchée des arbres pour voir s'il y avait de la peau de bouleau intéressante sur les troncs, mais il y a eu un drôle de bruit, comme quelqu'un qui toussait. J'ai couru me coller contre ma sœur.

— As-tu entendu?

— Quoi?

Sauf quand elle a le vertige, Annie n'a jamais peur de rien.

Le samedi d'avant, mon groupe à moi, les Quenouilles, on était allés sur la piste d'hébertisme. Il fallait grimper sur des murs de corde, marcher sur des ponts en bois qui branlent, ramper dans des cylindres de ciment et d'autres choses encore plus difficiles. Je n'étais pas bonne en plus de trouver ça plate, alors j'avais demandé à Flavie si elle voulait qu'on coupe par le bois pour rejoindre les autres à la fin du parcours. Ça me donnerait le temps de ramasser d'autres peaux de bouleau. On s'était avancées vers les arbres pour quitter la clairière et un monsieur était sorti de derrière un gros tronc. Il avait baissé son pantalon et nous avait montré son machin. Flavie avait gueulé très fort et

Wapiti était venu en courant, mais pas assez vite parce que le monsieur et son machin avaient déjà disparu dans la forêt. Flavie s'était jetée dans les bras de Wapiti sans même me laisser une petite place. Tout le monde avait cessé l'hébertisme et on était retournés au camp. La propriétaire avait appelé la police. Flavie pleurait parce qu'elle voulait téléphoner à sa mère, mais elle n'avait pas pu parce que sa mère était en croisière avec son nouveau mari. Quand les policiers étaient arrivés, ils nous avaient montré des portraits-robots de toutes sortes de visages de messieurs en nous demandant si c'était un de ceux-là qu'on avait vu dans la forêt. Flavie pleurait toujours et elle ne disait rien, et moi non plus parce que ce n'était pas la tête du monsieur que j'avais regardée, c'était son machin.

Le soir, Annie était revenue de son voyage de canot-camping avec son groupe de Guimauves, et je lui avais raconté mon histoire pendant qu'on mangeait le pâté chinois de Dolorès. Elle s'était inquiétée : « T'as pas appelé les parents, j'espère ? Ils vont venir nous chercher tout de suite s'ils savent ça. » Elle m'avait annoncé qu'elle ne voulait plus partir parce qu'elle aimait Gabriel : « On s'est presque embrassés derrière la tente. » Elle me l'avait montré à l'autre bout de la cafétéria. Il n'était même pas beau. À vingt mètres de distance, on voyait ses grandes oreilles pointues et décollées. Je lui avais dit : « Nini, il a des oreilles de Spock ! » Elle l'avait regardé quelques secondes, puis elle s'était tournée vers moi : « T'es super conne, ses oreilles sont correctes, t'es conne. »

Je n'aime pas quand ma sœur me traite de conne. Alors, pour lui faire peur, je lui avais dit que j'appellerais papa pour l'avertir qu'on ne pouvait pas rester ici une minute de plus, que l'endroit était super dangereux, qu'il y avait une sangsue venimeuse dans le lac et un homme pas de culottes dans le bois. Annie m'avait suppliée de ne pas faire ça, elle s'était excusée trois fois et m'avait offert son pudding au riz, mais je n'en voulais pas parce qu'il sentait bizarre.

Le gravier du chemin s'est transformé en asphalte et on a aperçu la route.

— Finalement, a dit Annie, je pense que je vais parler. J'ai peur que tu racontes n'importe quoi.

Annie était très préoccupée par son projet. On s'est avancées vers la cabine téléphonique. On était souvent passées devant quand l'autobus jaune nous emmenait faire des activités en dehors du camp, comme de l'équitation. Il n'y avait pas de voiture à l'horizon. Annie a poussé les portes battantes et je l'ai suivie à l'intérieur. On est restées quelques secondes devant le téléphone, tassées comme des sardines. Il y avait un papier d'emballage de chocolat chiffonné sur la tablette. Annie a décroché le combiné et elle a composé le zéro. Elle a dicté notre numéro de téléphone puis elle a donné nos noms. Elle sautillait sur place et elle se rongeait les ongles, ce que papa lui interdit toujours de faire.

— Faut que ça marche, a-t-elle répété au moins dix fois.

Tout à coup, elle est devenue raide, et après

quelques secondes de silence, elle a dit : « Allo, maman ? » avec une voix mielleuse. Moi, j'étais trop à l'étroit, alors je suis sortie de la cabine pour attendre Annie sur le bord de la route. Un gros camion est passé. Quand il m'a vue, il a fait tut ! tut ! Je lui ai fait un salut de la main.

À l'intérieur de la cabine, Annie s'était remise à sautiller. Sa queue de cheval ne tenait plus en place. La seule fois où j'avais vu Annie si excitée d'obtenir une permission, c'était quand la chatte de la voisine avait eu des bébés et qu'elle en voulait un. Elle avait supplié maman pendant qu'on soupait : « Je *veux* un petit minou. » Maman avait accepté. Annie avait appelé le chaton Barbu parce que même s'il était tout petit il avait le poil très long. J'imagine que son poil aurait poussé encore plus, mais cinq jours après qu'on l'avait adopté Barbu était mort. Le vétérinaire avait dit que c'était une malformation du cœur. On avait creusé un petit trou dans la cour et on avait mis Barbu dedans. On commençait à être habituées, on avait déjà fait la même chose avec pépé, sauf que c'était au cimetière.

Je n'arrivais pas à entendre ce qu'Annie disait, mais elle criait dans le téléphone et elle a raccroché si brutalement que le papier d'emballage de chocolat est tombé par terre. À travers la vitre, elle m'a regardée. Elle avait le visage rouge de colère et elle se forçait tellement pour ne pas que les larmes dans le creux de ses yeux se mettent à couler que son menton tremblait. Elle est sortie de la cabine et on a repris le petit chemin silencieux bordé d'arbres. Annie marchait moins vite qu'à l'aller, peut-être parce qu'elle pleurait. Je lui ai dit :

— Respire profond.

C'est ça que Wapiti m'avait conseillé la fois où j'étais tombée de mes échasses. Annie a essayé, mais ça n'a pas fonctionné. Je lui ai caressé la joue ; si elle n'avait pas été toute mouillée comme ça, sa peau aurait été à peu près aussi lisse que celle d'un bouleau.

— Il faut partir demain, a dit Annie en hoquetant.

J'ai tenu sa main dans la mienne, doucement au début, mais beaucoup plus fort quand, au milieu du chemin, on a vu deux moniteurs qui fonçaient sur nous l'air furieux.

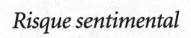

Risque sentimental

Louis suggère de m'escorter chez le dentiste sans même que je lui en fasse la demande. Ça m'excite. Mon ex Richard rechignait à m'accompagner à l'épicerie. Mais je ne veux pas les comparer.

Dans la salle d'attente, Louis enlève son blouson de cuir et il se laisse choir sur la causeuse flanquée de deux ficus en plastique. Je me penche au-dessus du comptoir de la réception :

— Bonjour. J'ai rendez-vous avec le docteur Giguère. Karine Simard.

La dame de l'autre côté a des cheveux gris aux reflets mauves et des taches brunes sur son visage. Elle tapote au clavier de son ordinateur avant de remonter ses lunettes sur son nez :

— Vous êtes toujours rue Saint-Dominique?

— Oui.

— Même numéro de téléphone?

— Oui.

— On contacte toujours Marlène en cas d'urgence?

Marlène, c'est ma meilleure amie. J'ose un coup d'œil en direction de Louis. Il a commencé à lire une revue. Mon regard est toujours braqué sur lui quand la réponse sort de ma bouche :

— Non.

— Non ? répète la réceptionniste.

Louis lève la tête ; je lui souris et je redirige la mienne vers la dame :

— Elle a déménagé.

C'est la vérité : l'été dernier, Marlène a entassé toutes ses possessions dans un camion et elle les a déversées dans le condo de Brian. La chanceuse. Du coin de l'œil, je vois que Louis a repris sa lecture. Je me penche davantage au-dessus du comptoir :

— Pouvez-vous mettre le nom de Louis à la place ?

Je suis déroutée à l'idée d'avoir exprimé mon désir sous la forme d'une question : pourquoi est-ce que j'aurais besoin de la permission de cette étrangère ? Mais la dame ne remarque pas mon trouble ; elle continue de tripoter son clavier d'ordinateur pendant que je lui dicte le numéro de téléphone. À travers la baie vitrée derrière elle, le centre-ville de Montréal s'agite. Le ciel d'avril est couvert, mais la ligne d'horizon s'étire jusqu'au fleuve. Des plaques de glace crénelées glissent sur l'eau. C'est romantique.

— Vous pouvez aller vous asseoir. Le docteur Giguère va venir vous chercher.

Louis feuillette un *Golf Digest*. J'empoigne un *Châtelaine* écorné et je me cale à ses côtés. Je pose une main sur sa cuisse et je couine que j'ai horreur des aiguilles ; il dit qu'il a besoin d'un nouveau putter. Avec

Louis, je me sens comme sous une cloche de verre, à l'abri de tous les autres corps étrangers, mais cela ne m'empêche pas d'envoyer un regard bienveillant au vieillard qui lisse la bordure de son chapeau près de l'aquarium. J'imagine qu'il est veuf et qu'il en a besoin. Le dentiste m'appelle.

Deux jours plus tard, je raconte à Louis quelle nouvelle a secoué tout le monde à la banque : la jeune serveuse roumaine du Café Suprême situé dans le hall de l'immeuble a porté plainte contre notre directeur du marketing pour harcèlement sexuel. C'est du jamais vu. Il m'interrompt :

— Karine, il faut que je te dise quelque chose.

Personnellement, si un jour j'ai à rédiger un traité sur l'art de la conversation, je vais y proscrire cette entrée en matière. Elle laisse toujours présager de graves propos et elle ne peut faire autrement que de plonger votre interlocuteur dans un état de panique. Je dépose ma fourchette : « Bien sûr. » *Sa maudite ex est encore revenue à la charge. Sa compagnie a fait faillite. La* menace prend toutes les formes inimaginables.

— J'ai peur que tu commences à te sentir trop confortable dans notre relation.

Nous sommes au restaurant, ce qui est une bonne chose. Les lieux publics ont sans doute été inventés pour que les gens étouffent leur envie de hurler quand leur douce moitié roucoule des âneries. Car comment peut-on reprocher à quelqu'un de rechercher le confort ? Il n'y a qu'à errer dans les allées d'un magasin de meubles pour constater comment chacun fait rebondir ses fesses avec acharnement sur tous les canapés en quête du plus douillet. Une rondelle de concombre a peine à descendre le long de ma gorge. Je pince une feuille de laitue entre mon pouce et mon index et je prie Louis de préciser sa pensée. Sans cesser de manger ses rillettes de truite, il m'explique que ces derniers temps il a constaté — « mais peut-être que je me trompe », ajoute-t-il, l'air de ne pas trop y croire — que je vais trop vite.

Je lèche mes doigts huileux :

— Trop vite ?

— Il ne faut pas brûler d'étapes, dit-il.

Mon regard dévie en direction de la salle à manger. Une femme entortille ses pâtes à la crème autour de sa fourchette. Tel un enfant, un homme découpe son steak en toutes petites bouchées. Une serveuse examine ses ongles près du bar. L'éclairage tamisé donne pourtant un teint rosé et des yeux pétillants à chacun.

Je prends une gorgée de vin :

— Je croyais que tu étais bien avec moi.

— Pourquoi tu vois toujours tout du côté négatif ? Je *suis* bien avec toi. Mais je ne veux pas sentir la pression d'un avenir tout tracé d'avance.

Un aide-serveur dépose une bougie au centre de notre table, près de la corbeille à pain. Le moment semble opportun. Je regarde la flamme jusqu'à ce que ça m'aveugle un peu.

— Tu trouves que je te mets de la pression ?

— Tu as donné mon nom comme référence en cas d'urgence à ton dentiste.

Je cligne mes yeux en les reportant sur Louis.

— C'est une formalité.

— Mais tu vas chez le dentiste combien de fois par année?

— Une fois.

Il tend ses deux mains devant lui, les paumes vers le ciel, comme pour marquer son triomphe.

— Alors, tu vois ce que je veux dire? C'est une pression pour moi. La pression de savoir que tu crois qu'on sera encore ensemble dans un an.

Les mains de Louis sont usées; par endroits, la peau se gonfle d'ampoules. Ailleurs, elle est rouge, ou bien elle est sèche. Je lui ai déjà offert un tube de crème revitalisante à base de beurre de karité, mais je l'ai retrouvé congelé dans le coffre à gants de son camion. Je m'étonne:

— On ne sera plus ensemble dans un an?

— Peut-être. Je l'espère très fort, en fait. Mais là, c'est comme si, pour toi, c'était écrit dans le ciel, comme si tout ça, c'était déjà décidé.

Quand la serveuse vient débarrasser la table de nos entrées, je suis si désemparée que j'ai envie de la saisir par le poignet pour lui demander ce qu'elle pense de tout ça: il *espère* qu'on sera ensemble, mais il refuse d'envisager cette éventualité d'avance. Finalement, j'attends qu'elle s'éloigne et je balbutie que je vais appeler mon dentiste demain matin pour que le numéro d'urgence soit changé à mon dossier. Louis s'absente quelques minutes, le temps d'aller à la salle de bains. Je me verse un verre de vin et je fais mon examen de conscience : est-il vrai que j'ai tout décidé d'avance ? Je dois admettre que, depuis quelque temps, je cultive une théorie au style très figuré. Je me plais à me répéter que passé le cap des douze ou mettons quatorze semaines, une relation, c'est comme un fœtus : les probabilités qu'elle avorte s'atténuent. Cette idée est farfelue et je ne saurais dire d'où elle m'est venue. Est-ce parce que j'ai trente-trois ans et que je me demande parfois si mon utérus remplira un jour sa fonction ultime ? Ce serait logique, mais je devrais quand même cesser de penser en images.

Plus tard, Louis me raconte qu'il a découvert des journaux datant des années 1920 dans les murs de la cuisine qu'il rénove à Verdun. Il s'aperçoit que je n'ai pas encore touché à mon plat. Il s'inquiète :

— C'est pas bon ?

Je continue de pousser ma nourriture du bout de ma fourchette. Je creuse un trou dans ma purée de pommes de terre. Je fais la moue. Je soupire. Il faut que j'en aie le cœur net :

— Est-ce que je t'excite toujours ?

Louis roule les yeux au plafond et il me caresse doucement l'avant-bras d'une main rugueuse.

— Karine, tu es hyper bandante. Allez, mange.

J'attaque ma morue.

— Tu ne peux *absolument* pas accepter une telle attitude ! me dit Marlène le lendemain matin.

Certains de mes collègues prennent des pauses cigarettes ; moi, je prends des pauses pipi et j'apporte mon téléphone cellulaire. Dans le corridor derrière les ascenseurs se trouve une salle de bains privée. La porte se verrouille. Je peux parler à mon aise. La poubelle n'est pas vidée chaque jour, de sorte qu'on y trouve parfois des déchets qui démontrent que je ne suis pas la seule à chercher un peu d'intimité dans cet espace. Une fois, j'y ai vu un test de grossesse dont le résultat était négatif; une autre fois, un courriel imprimé déchiré en de minuscules morceaux. Mais aujourd'hui, la poubelle est vide. Il flotte cependant dans la pièce une odeur dégoûtante; de toute évidence, quelqu'un s'y est vidé les intestins quelques instants plus tôt. Le nez dans la manche de mon chemisier, je presse Marlène:

— Mais qu'est-ce que tu veux que je fasse?

— Une crise.

— Tu penses?

— Impose tes limites.

— Comment?

— C'est pas moi qui vais l'apprendre à lire entre les lignes! Ce que son discours sous-entend, c'est qu'il doute de quelque chose. De vous deux, de toi, de l'avenir. Non?

Dans le reflet du miroir, je vois mon visage s'allonger. Marlène répète sa question:

— Non?

— Pourquoi tu penses que j'hallucine?

— Mets-le face à un choix.

— Comment?

— Dis-lui qu'il se branche. Ça fait cinq mois que

vous êtes ensemble, tu as le droit d'exiger du solide. Tu *vaux* du solide, Karine. L'angoisse, c'est prouvé, ça donne le cancer. C'est ça, ta limite.

Le cancer? Je me demande si je ne suis pas en train de laisser la situation prendre des proportions exagérées.

— Il n'a quand même pas dit qu'il voulait ralentir avec moi.

— Non, mais il t'a *très* clairement fait savoir qu'il ne voulait pas accélérer. Ne lui cherche pas d'excuses, tu as fait ça pendant trois ans avec Richard, et souviens-toi de ce que ç'a donné. Une relation, ça doit progresser. Ça ne peut pas stagner. Tu dois lui dire que tu veux un engagement plus sérieux de sa part. Dis-lui que c'est ça ou rien. Après, tu le laisses mariner dans son jus. Il va bouger. Sinon, tant pis.

Je vois Louis prisonnier d'un bocal de betteraves pareil à ceux que ma grand-mère prépare à son chalet tous les étés et je frémis :

— Est-ce que ce n'est pas un peu facho comme façon de faire?

— S'il est prêt à te perdre parce qu'il ne veut pas vraiment plonger avec toi, toi, tu perds quoi?

On cogne à la porte de la salle de bains. Je dis à Marlène que je vois Louis ce week-end et que je vais réfléchir à tout ça d'ici là. Car elle a sans doute raison : comment envisager de faire du chemin avec un homme si celui-ci ne veut même pas laisser sa trace dans l'ordinateur de mon dentiste? Sur papier, ça regarde mal.

— Je dois y aller.

— Fais-le, Karine. C'est un risque qui en vaut la peine. Si tu ne risques rien, tu n'obtiendras rien. Courage!

J'ouvre la porte et je tombe sur Sébastien Charbonneau, un traducteur avec qui j'avais l'habitude de coucher l'année dernière après des cinq à sept de bureau, même si je savais qu'il faisait la même chose avec une adjointe administrative.

— Hé, Karine, dit-il. *What's up?*

— Rien.

Il plisse les narines et il tire la langue :

— *Fuck me!* Il y a eu de l'action ici.

Sébastien Charbonneau a un caractère déviant ; c'est pour cela que j'ai mis un terme à notre bagatelle.

— Tu veux quoi ? C'est pas moi qui ai chié.

— Dommage.

— Allez.

Je remets mon téléphone dans la poche de mon veston et je tourne les talons.

Suis-je prête à prendre le risque ? Faisant face à l'inconnu ou à de graves questions existentielles, certaines personnes consultent leur horoscope. Ou — comme ma collègue Geneviève il y a six mois quand on lui a découvert des cellules précancéreuses au col de l'utérus — une voyante. Moi, j'y vais à fond dans la sémantique. Après avoir écumé l'étage au complet à la recherche du *Petit Robert* en maugréant que ce n'est pas pour rien que nous sommes une génération d'illettrés puisqu'on doit se partager un dictionnaire par tranche de trente employés dans un service des communications, je tombe là-dessus :

Risque : Fait de s'exposer à un danger (dans l'espoir d'obtenir un avantage).

Prendre un risque : Tenter quelque chose d'osé, sans garanties quant au résultat.

Le soir, chez moi, je surfe sur Internet où je finis par aboutir sur un site qui explique que le risque est « une perte potentielle, identifiée et quantifiable » et qu'en ce sens il s'oppose à l'incertitude, qui, elle, est non quantifiable. Il est vrai que, s'il y a une chose que je ne supporte pas dans la vie, c'est l'indécision, le doute. Y a-t-il un pilote dans l'avion ? Ne pas savoir où on s'en va, c'est énervant. Si Louis refuse d'envisager l'avenir avec moi, c'est parce qu'il est incertain de nous deux. Mais quand sera-t-il sûr ? Vais-je devoir attendre trois mois, un an, quatre ans ? Si l'incertitude est non quantifiable, peut-être bien qu'elle est infinie ? Cette pensée me donne un grand frisson. Je vais fermer la fenêtre. De la rue déserte s'élève une odeur de printemps frais et mouillé.

Louis et moi avons des habitudes. Nous brosser les ongles sous la douche. Ne pas oublier les sacs en tissu réutilisables quand on va faire les courses. Flâner chez Renaud-Bray, lui dans le rayon des bandes dessinées, moi dans la section des magazines, nous perdre et nous appeler sur nos téléphones cellulaires pour nous retrouver aux caisses. Et on a nos samedis, qui commencent en réalité le vendredi soir, quand je quitte mon trois et demie du quartier Villeray avec mon balluchon en bandoulière pour me rendre chez lui dans le quartier Rosemont. Le matin, il me laisse dormir pendant qu'il va à la pâtisserie acheter deux croissants et une chocolatine. Puis il arrête au dépanneur du coin où il achète *La Presse* et un carton de 250 millilitres de lait 1 % afin de pouvoir préparer mon café — lui, il préfère son café noir et il ne met jamais de lait dans quoi que ce soit, pas même une goutte dans ses céréales. Pour une raison qui ne regarde que lui, il préfère les manger avec une sorte de yogourt libanais à la texture très consistante et à l'odeur si puissante qu'elle me soutire toujours une plainte du genre : « As-tu vérifié la date de péremption ? »

Ce samedi, quand je me lève, Louis lit le cahier « Mon toit » devant son café. Sur la table, dans le petit panier d'osier, il y a mon croissant et ma moitié de chocolatine et, juste à côté, le pot de confiture de fraises. Tout est comme d'habitude, sauf dans ma tête.

— Hel-lo, je dis.

Sa main effleure mes fesses par-dessus ma nuisette : « Bien dormi ? »

Je m'assois sur ses genoux et le journal se froisse entre nos ventres. C'est ce matin que je dois lui parler. Hier soir, je n'ai pas su comment. Non seulement le DVD de *The Departed* nous a tenus en haleine, mais nous avons commandé des soupes tonkinoises et des rouleaux impériaux de chez Pékin Délices, débouché une bouteille de blanc et, entre tout ça, nous avons fait l'amour trois fois et j'ai eu cinq orgasmes. J'aimerais souligner que je n'ai pas l'habitude de tenir un registre aussi précis de nos ébats et de l'effet qu'ils produisent sur moi, ce serait grotesque. Mais hier soir, peut-être parce que toute cette situation me rend impressionnable, je l'ai fait.

Louis se plaint que je l'écrase. Je fais semblant de ne pas l'entendre. Le nez enfoui dans son cou tiède, je prends une grande respiration. Il s'est rasé et il sent très bon. Pourquoi faut-il qu'il sente si bon le matin où je dois lui faire une scène? C'est cruel. Il me repousse et il dépose le cahier sur la table. Je demande:

— Ils ont imprimé ton annonce?

Je me glisse sur la chaise à côté. Il dit:

— C'est la semaine prochaine.

Je croque dans ma moitié de chocolatine en jetant un œil distrait à la page couverture froissée du cahier. « Des moulures de tous les goûts pour habiller vos murs. »

— Je pensais que c'était ce matin.

Ses cheveux sont humides, collés sur son crâne en petits rouleaux, comme le poil sur le dos d'un chien mouillé.

— T'as pris ta douche?

— Oui. Pourquoi?

Devine-t-il que je pose des questions stupides dans le seul but de faire diversion? Peut-être que plus rien n'est comme avant pour lui non plus. Peut-être que ça explique son ardeur de surhomme d'hier soir. Oui, voilà, tout s'éclaire: Louis a canalisé son anxiété dans son pénis. Au fond, ce dont il brûle, c'est de me demander si j'ai bien rappelé mon dentiste pour qu'il change le numéro d'urgence à mon dossier, et à vrai dire, je ne l'ai pas fait.

— Comme ça. J'ai rien entendu.

— Tu veux ton café ?

— Bonne idée !

La machine à espresso de Louis est italienne et sophistiquée, constellée de boutons lumineux. Quelques semaines après le début de notre relation, j'avais voulu faire preuve d'autonomie et préparer moi-même mon café, mais rien n'avait coulé dans ma tasse ; seul le moulin à grains intégré à la machine avait surchauffé dans un vacarme d'enfer. Louis s'occupait de sa lessive au sous-sol et j'avais dévalé les escaliers : « Louis ! Louis ! J'ai juste touché le bouton orange et ça fait du bruit comme un train à vapeur ! » Il avait renversé un torrent d'assouplisseur de tissu dans la cuve de la laveuse : « Fuck ! » avait-il fait en se précipitant à la cuisine où la machine à espresso était désormais immobile et silencieuse. « Oh, mais je te jure qu'elle crachait de la fumée ! » avais-je affirmé avant de lui recommander de programmer deux ou trois cycles de rinçage supplémentaires sur sa laveuse s'il ne voulait pas que ses vêtements lui donnent de l'urticaire. « C'est toi qui vas m'en donner si tu déconnes comme ça trop souvent », avait-il répliqué, ce qui m'avait tellement déstabilisée que j'avais fondu en larmes. Avec cette fois où son ex l'avait appelé à une heure du matin pour qu'il aille tuer une araignée dans sa salle de bains, que

j'avais rugi : « C'est une attardée mentale, ou quoi ? »,
qu'il m'avait expliqué qu'elle souffrait d'une phobie
très grave et que j'avais répliqué qu'elle n'avait qu'à
essayer l'hypnose ou à s'acheter une cannette de Raid,
il s'agissait de l'un de nos pires épisodes. Bref, depuis ce
jour-là, je ne touche plus à cette satanée machine à café
et Louis n'a jamais insisté pour me donner une leçon
sur son fonctionnement.

— Il fait froid, dehors ?

— Pas trop.

Louis s'affaire près de la machine à café, il appuie
sur les bons boutons, nettoie les gouttes de jus
d'orange sur le comptoir avec le chiffon J et essuie ses
mains calleuses sur son chandail de coton. Je réfléchis
aux propos de Marlène : « Toi, tu perds quoi ? » Certes,
maintenant qu'elle est installée dans le condo de Brian,
Marlène peut bien parler. Mais si, au début de sa liaison avec son patron, elle avait employé une méthode
aussi radicale que celle qu'elle veut que j'utilise avec
Louis, il est évident qu'elle serait encore en train
d'écluser des gin tonics en écoutant du Serge Gains-
bourg dans son deux et demie du ghetto McGill et
d'engueuler ses voisins qui buvaient de la bière en faisant jouer Arcade Fire à tue-tête. Tandis que, après seulement cinq mois passés avec moi, Louis prépare religieusement mon café au lait tous les samedis matin,
après le double de ce temps passé auprès de Marlène,
Brian ne faisait rien d'autre que de l'emmener dans un
hôtel de Boucherville une fois tous les dix jours, ce qui
laissait à mon amie assez de temps libre pour qu'elle

décide, après chacune de ces escapades, que c'était la dernière. « Il est hors de question que je continue à jouer le second violon ! » tempêtait-elle. « La prochaine fois qu'il revient à la charge, il va voir comment je m'appelle ! » Mais Marlène n'avait jamais eu le courage de mettre ses menaces à exécution et, en me levant pour aller me coller le nez à la porte-fenêtre, je songe que, si elle me donne des conseils aussi rigides, c'est peut-être bien pour racheter la mollesse dont elle a fait preuve en attendant plus de deux ans pour avoir enfin Brian à elle toute seule.

Dans la ruelle déserte, un couvercle de poubelle est emporté par une rafale de vent.

« Tiens », fait Louis en me tendant mon bol de café. Je lui dis merci et il va poursuivre son étude du cahier « Mon toit ». Je traîne mes chaussettes sur la céramique beige du plancher et je plonge un doigt dans mon bol de café. Le liquide est brûlant. Je suce la boule de mousse de lait qui s'agglutine à mon index, je me rassois et je me remémore ma toute première rencontre avec Louis : elle me semble lointaine et étrange. Ma mère organisait la soirée pour célébrer la retraite de mon père et j'étais arrivée chez elle dans le milieu de l'après-midi afin de l'aider à préparer la nourriture, à choisir la musique et à aménager le salon de façon que les invités puissent s'y mouvoir plus aisément. Je m'échinais à pousser le lourd canapé à trois places contre le mur quand Louis avait fait irruption dans la pièce vêtu d'un pantalon de camouflage, d'un vieux t-shirt Vuarnet rose et d'une casquette Sico. « Je peux t'aider?» avait-il demandé tout de go, et sans me laisser le temps de répondre, d'un seul élan, il avait déplacé le meuble devant la fenêtre. Impressionnée, j'avais frotté du bout de ma ballerine un des quatre ronds de tapis élimé jusqu'à la trame laissés par les pattes du canapé. C'était un tapis vert sombre que mes parents avaient rapporté d'un voyage en Égypte. « C'est toi qui rénoves la cuisine de l'appartement du deuxième?» lui avais-je demandé. « Oui. Je montais pour savoir si je pouvais couper l'eau quelques minutes.» De sa voix flûtée qu'elle réservait aux matières importantes, ma mère m'avait déjà glissé un mot à son sujet : « J'ai un nouvel ouvrier, il est très gentil et il fait du bon travail. C'est le fils de Normand, tu sais Normand Dupuis qui enseignait au cégep avec ton père?» Devant l'impuissance de mon bout de soulier à effacer la marque dans le tapis égyptien, j'avais haussé les épaules : « Ça me semble imprégné là. Moi, c'est Karine.» Il avait serré ma main : « Louis. Enchanté.» Sur ces entrefaites, ma mère avait surgi dans le salon, agitant son CD des grands succès d'Aznavour : « Il va falloir jouer *La Bohème*! Mets-le dans la pile. Et j'adore ta mousse au saumon, c'est quoi, ce petit goût?» Le compliment m'avait fait plaisir : « C'est du raifort, maman.» Au risque de passer pour une arriérée, je m'enorgueillissais déjà de ce que Louis sache combien j'étais adroite aux fourneaux. Ma mère avait remué quelques fleurs dans un vase sur le piano : « Certainement, Louis, tu peux couper l'eau pour une vingtaine de minutes.» Puis elle avait insisté pour qu'il soit de la fête, mentionnant au passage que son père serait là, lui aussi. Louis était donc revenu vers dix-neuf heures avec une bouteille de bordeaux et une autre de cidre de glace, vêtu d'un jean noir et d'une chemise blanche au col mao entrouvert qui avait fait son effet, même sur les invitées de plus de soixante ans, qui, d'une envolée collective, s'étaient toutes découvert ce soir-là une cuisine à rénover. Dans un coin de la salle à manger, nous avions discuté de films, de voyages et de groupes de musique. « Je te raccompagne chez toi ? » m'avait-il offert un peu après minuit. « Oh, ce serait gentil. »

Mais comme c'est loin, tout ça, me dis-je. Je dévisse le couvercle du pot de confiture de fraises et j'y plonge mon couteau à quelques reprises afin de tartiner mon croissant. J'en prends une bouchée, sans appétit. Louis lit à présent le premier cahier de *La Presse*. Combien de temps passe ainsi ? Je l'observe, j'émiette le croissant au-dessus du napperon. Lorsque je vais ranger la confiture au frigidaire, j'aperçois le carton de 250 millilitres de lait sur le comptoir et une grande lassitude m'envahit. Je demande :

— Pourquoi tu n'achètes pas des litres de lait à la place de ces berlingots pour lilliputiens ?

— Hein ? fait-il sans lever la tête. Parce que je bois pas de lait.

Le croissant a laissé mes mains graisseuses. Je les rince à l'eau chaude au-dessus de l'évier, puis je les essuie sur le linge à vaisselle.

— Mais non. C'est juste ta façon de faire. Tu

refuses de figurer dans mon dossier de dentiste, tu ne veux pas que je laisse la moindre trace de moi dans ton frigo durant la semaine. C'est insultant !

Le visage de Louis se chiffonne comme si on venait de mettre un fruit pourri sous son nez. Il se lève, pousse sa chaise, saisit sa tasse vide, passe à ma hauteur. Je dis :

— J'aimerais savoir quels sont tes plans, où est-ce qu'on s'en va comme ça.

— J'ai congé aujourd'hui. Tu vas pas commencer.

Il se fait couler un autre café. Je me tiens près du frigo. Je le regarde, mais lui ne fixe rien d'autre que le jet couleur de caramel qui pisse dans sa tasse, et c'est frustrant. Nous sommes des étrangers, chacun sous sa cloche de verre opaque.

— Il faut que tu me le dises. Sinon, je ne suis plus certaine que tout ça me convient.

Il me dévisage d'un air perplexe. Puis il éteint la machine à espresso et retourne s'asseoir avec sa tasse et un haussement de sourcils désapprobateur. Je songe : « Karine, s'il se remet à lire le journal devant toi après ce que tu viens de lui dire, tu t'en vas d'ici. » Alors, quand Louis étend le cahier « Arts et spectacles » devant lui, je fonce dans sa chambre. J'arrache mon slip et mon soutien-gorge assortis des draps défaits, j'extirpe mon chandail et mon jean du gros tas de vêtements souillés qui gît par terre. Je me demande : comment un homme de trente-six ans qui gagne sa vie en vantant les mérites des garde-mangers escamotables et des tiroirs à extension complète munis de séparateurs peut-il ignorer l'invention du panier en osier dans lequel on dépose proprement son linge sale tous les soirs? Puis je comprends : c'est une imposture de sa part — une de plus.

Je m'habille à la hâte et je suis en train d'attacher mes cheveux devant le miroir quand Louis apparaît dans le cadre de la porte :

— Karine?

Je serre l'élastique sur le dessus de ma tête.

— C'est depuis cette histoire de dentiste. On n'est pas à la même place. Je crois que je veux plus que ça.

Il s'avance et s'assoit sur le bord du lit. Le drap contour est défait; il replace méticuleusement l'élastique sur le coin du matelas.

— Je déteste me sentir pris au piège, c'est tout.

Je fourre ma nuisette et ma trousse de maquillage dans mon balluchon. À l'intérieur se trouvent mes vêtements propres, ceux que j'aurais revêtus si la journée s'était déroulée calmement, ce qui, je m'en rends compte, n'avait pas grand-chances de se produire.

— Moi, je te prends au piège? Alors tu peux être content, je m'en vais.

— C'est fini?

Je suis incapable de répondre à cette question. Afin de lui laisser la possibilité de sauver la situation, j'invente un objet imaginaire qui me donne du fil à retordre tout au fond de mon balluchon. Mais Louis ne dit rien. A-t-il besoin d'un dessin? Je dis :

— Je ne supporte pas l'incertitude.

Il opine de la tête :

— Je te comprends.

Je pense : « C'est le comble. »

Je m'approche de lui pour prendre mon baume pour les lèvres sur la table de chevet. Il empoigne mon avant-bras, puis sa main descend jusqu'à la mienne :

— Je suis désolé si je t'ai déçue. Tu m'embrasses, au moins, avant de partir ?

Je suce mes lèvres très fort pour retenir mes larmes. Je me mords également l'intérieur des joues. Je n'ai plus envie de partir. Pourquoi ne sommes-nous pas allés déjeuner dans un restaurant ce matin ? Un lieu public nous aurait épargné ce naufrage. Mais je me ravise : je n'aurais pas pour autant cessé d'être assaillie par des questions. Je commence à paniquer. Je serre sa main :

— T'embrasser, pour... C'est parce que tu veux que je reste ?

— C'est toi qui décides. Mais si tu me quittes, tu peux bien m'embrasser une dernière fois.

Je me précipite dans le vestibule. J'enfile mon manteau et j'enfonce mes pieds dans mes souliers avant de prendre tout mon temps pour les attacher. Comment se fait-il que Louis n'accoure pas pour me retenir ? C'est moi qui dois retourner dans la chambre. L'air abattu, il n'a pas bougé d'un centimètre. Je me raisonne : tout cela lui est tombé dessus sans qu'il s'y attende. Je peux bien lui laisser sa chance :

— Mais pourquoi, alors, est-ce que tu espères qu'on sera encore ensemble dans un an ?

Sans me regarder, Louis hoche la tête :

— Je... Mmmf...

J'attends. Il ne bouge pas.

— Mmmf...

J'attends.

Puis je traverse de nouveau le corridor et le vestibule. La porte claque derrière moi et je sens la secousse dans mon dos et jusque dans mes talons.

« Appelle, appelle, appelle ! »

Tout le reste du week-end, telle une épave sur le canapé de mon salon, mon téléphone sur mon ventre, je répète cette prière sans arrêt. Parfois, j'ajoute « s'il te plaît » ; parfois, « gros lâche ». La garniture dépend de mon état, et celui-ci est instable. Suis-je l'artisane de mon propre malheur ? La pire des cruches relationnelles ? Ça m'échappe. Le téléphone ne sonne pas. J'ai des ulcères à l'estomac.

Au bureau, mes pauses pipi se multiplient : à tout bout de champ, je me barricade dans la salle de bains du corridor derrière les ascenseurs pour pleurer. Mes collègues croient que je souffre d'une infection urinaire aiguë. Ma patronne m'achète du jus de canneberges et elle refuse que je la rembourse. En réalité, je soupçonne les gens d'être simplement discrets, car j'ai des yeux de grenouille.

Dehors, il y a un redoux qui jure avec mon humeur. Quand j'aperçois la première fourmi de la saison qui gravit le mur de ma cuisine, j'appelle Louis pour qu'il vienne l'écraser. Mais je raccroche avant la première sonnerie. À la quincaillerie, j'achète des pièges à fourmis, mais pas de marque Raid.

Marlène me rend visite. Elle apporte des mets indiens dans des plats en aluminium qui suintent sur mes napperons. Elle est fière de moi, de mon geste courageux. Les yeux coquins, elle me glisse quelques bons mots au sujet de Charles, le grand ami de Brian, un avocat à la carrière florissante. Elle planifie un cinq à sept sur sa terrasse ensoleillée avec vue sur le mont Royal. Je m'étonne :

— Charles ? Tu ne m'as pas déjà parlé de lui ? Le Juif qui mange du bacon mais qui tient absolument à marier une fille de sa religion ?

Je suce quelques grains de riz basmati pendant que Marlène réfléchit : « Ouin. » Puis elle mâchonne une crevette tandoori, elle me demande un verre d'eau et elle m'avoue enfin : le samedi après-midi même, alors qu'ils étaient à la recherche de la raquette de tennis parfaite, Brian et elle ont croisé Louis au Sports Experts de la rue Sainte-Catherine. L'indignation de Marlène se traduit par un claquement de langue :

— Je ne voulais pas te le dire, mais si ça peut t'aider… Deux heures après que tu l'as quitté, monsieur a eu le cœur d'aller magasiner au centre-ville !

Je pense que c'est quand même moins pire que Richard, qui était allé coucher avec une barmaid. Mais je ne veux pas les comparer. Mon estomac se tord. Je dis :

— Ça faisait super longtemps qu'il avait besoin d'un nouveau putter.

Je rejoins ma mère pour l'apéro dans un bar à vin de l'avenue du Parc. L'annonce de ma rupture la scandalise. Pour rien au monde elle ne voudrait avoir mon âge : quel est le problème avec les garçons de nos jours ? Ses étudiants sont pareils à l'université : ils veulent le beurre et l'argent du beurre. Elle glapit : on ne peut pas passer sa vie parqué en double, tôt ou tard, il faut descendre de sa bagnole et mettre de l'argent dans le parcomètre ! J'essaie de comprendre cette image — suis-je le parcomètre ? —, mais c'est au-dessus de mes forces. Elle me promet que nous irons nous faire bichonner dans un spa en Estrie cet été, et entre-temps elle insiste pour que ce soit son nom qui figure dans mon dossier de dentiste. Je réplique :

— C'est ça qui est tellement absurde ! As-tu déjà entendu parler de quelqu'un qui a fait une crise cardiaque en se faisant passer la soie dentaire, toi ?

Mais elle s'obstine et c'est toujours ainsi avec ma mère :

— S'ils veulent un numéro d'urgence, il doit bien y avoir une raison !

Elle mène son enquête sur la quantité de protéines que j'ingurgite au quotidien. Je lui dis qu'elle m'énerve. Ça la laisse indifférente. Elle paie nos deux verres en demandant au serveur quel est ce petit goût dans leurs olives farcies. C'est du cumin. En me reconduisant chez moi, elle s'étonne encore que ce n'ait pas été du fenouil.

Je ne compte plus les jours qui s'écoulent. Quinze ? Vingt, peut-être. À présent, je suis capable de descendre mes ordures sans apporter mon téléphone avec moi de peur de rater son appel — mais comme j'ai un afficheur et une boîte vocale, je ne sais pas si ça constitue une réelle avancée. Reste que cet après-midi, au bureau, je suis prise d'un authentique fou rire avec ma collègue Geneviève quand Sébastien Charbonneau nous transfère les courriels que le directeur du marketing envoyait à la serveuse roumaine du Café Suprême. Il y vante les vertus relaxantes de son bain tourbillon, il s'extasie sur son accent et sur les formes de son corps, et il la presse de l'accompagner à un congrès dans la région de Charlevoix. Une rumeur veut qu'il soit renvoyé, mais une autre affirme plutôt que la serveuse a retiré sa plainte. Peu importe. Geneviève et moi, on en rigole encore dans l'ascenseur, puis dans le métro. J'ai toujours un sourire imprimé sur les lèvres quand je tourne le coin de ma rue où les bourgeons verdissent les arbres. Les rayons du coucher de soleil me caressent la gorge et le visage. Je pense : « Qu'est-ce que tu dirais de ça, Louis Dupuis ? Je suis morte de rire ! Je me demande bien ce que tu dirais de ça ! » Et c'est alors que je me fige. Sur le trottoir en bas de chez moi, devant son camion, les bras croisés sur sa poitrine, ses verres fumés plantés sur le dessus de sa tête, il est là.

— Salut, Karine, qu'il me dit. On peut parler ?

Hommes infidèles, femmes tristes

De : Bianca Larrivée
Objet : Olà !
Date : 24 juin
À : Maryse Gagnon

Olà, Maryse !

Nous sommes arrivés. Le vol a été parfait, l'hôtel est très chouette, confortable, moderne, il fait un gros soleil, trente-deux degrés à l'ombre, et je suis hyper zen. Je sais que tu en doutes et que toi, tu ne pardonnerais jamais un truc pareil à Martin, mais Philippe est sincère dans sa démarche. Pour ma part, même si ça m'a fait un immense bien de me vider le cœur, je regrette de t'avoir mise au courant de cette histoire, car pour rien au monde je ne voudrais que tu penses du mal de Philippe. Enfin, je tenais simplement à te dire que lorsque tu passeras à l'appartement pour nourrir Boris, ne le laisse pas sortir : il risque de partir en cavale et tu resterais alors prisonnière chez moi à attendre son retour toute la nuit ! Aussi, si tu pouvais arroser notre plant de basilic (sur le balcon arrière), ce serait génial. Merci beaucoup, ma chère amie. Je ne te récrirai pas de la semaine, on veut vraiment décrocher de la civilisation.

Bianca x

P.-S. : Philippe fait dire à Martin qu'il est libre pour jouer au golf le 15 juillet. Si ça te tente, on pourrait passer la journée ensemble de notre côté et faire un barbecue avec eux le soir.

P.P.-S. : J'espère que tu pourras lire ce courriel. Le préposé du « Business center » ici baragouine l'anglais et il m'a dit qu'ils éprouvaient parfois des problèmes d'encryptage.

De : Bianca Larrivée
Objet : Tabar...
Date : 26 juin
À : Maryse Gagnon

... nouche ! ! Tu avais raison, Maryse. J'aurais dû t'écouter. La cruche ! Comment ai-je pu être assez naïve pour croire que son invitation dans un quatre étoiles formule tout inclus à Cancún suffirait à me faire passer l'éponge ? Hier, j'ai bu trois ou quatre mojitos de trop (c'est bien la seule façon de faire passer la bouffe, ici tout est noyé dans une glu orange qui goûte le tabasco pourri). Mes émotions ont remonté à la surface et je me suis encore mise à l'interroger. POURQUOI EST-CE QU'IL A FAIT ÇA ? J'ai envie de vomir quand j'y pense, des images éclatent partout dans ma tête. Philippe répète qu'il ne connaît même pas son nom de famille et qu'il l'a vue juste une fois, mais franchement, au 21e siècle, on ne baise pas avec quelqu'un sans lui laisser au moins son numéro de cellulaire ou son courriel après coup, ne serait-ce que pour la forme. Il jure sur la tête de sa mère que ce n'est pas ce que je m'imagine, mais c'est tellement une vieille cinglée, celle-là, que ça ne compte pas. Il dit que c'était juste du cul. Je suis tellement humiliée ! Au fond, je crois que j'aurais préféré ne pas le savoir, car toute sa rhétorique de menteur repose sur cet argument-là. Il affirme : « Penses-tu que je me serais confessé si j'avais eu la moindre intention de recommencer ? » Monsieur se jette des fleurs ! Il dit que je ne comprends pas parce que nous, les filles, dès qu'on couche avec un gars, notre cerveau fait pouf et on ne peut pas faire autrement que de se mettre à rêver, il prétend que notre libido est « une machine à fabuler », je n'ai jamais rien entendu d'aussi stupide ! Tandis que pour les gars, il dit que c'est tout naturel de coucher avec une fille « et puis basta ». J'ai bien envie de lui montrer qui est-ce qui va dire basta à qui… Bon, voilà que le préposé du Business center me fait des signes, il ferme le local dans cinq minutes pour l'heure de la sieste, de toute façon c'est toujours désert ici, il n'y a que moi, pauvre désespérée, pour venir me lamenter au lieu de profiter de la mer et du soleil… Mais j'oubliais la meilleure : Philippe m'a dit que si je n'étais pas aussi possessive et contrôlante, il n'aurait peut-être pas cédé à l'envie de sauter la clôture, car tout ça a dû se dérouler pour lui « dans sa tête, au niveau de son inconscient ». Tout pour se déculpabiliser, pour retourner la situation contre moi ! Comment je vais supporter ce manipulateur jusqu'à dimanche ? Pour l'instant, il est parti bouder sur la plage avec le dernier roman de Frédéric Beigbeder, pas étonnant qu'il ne pense qu'à sa queue à force de lire des auteurs comme ça. Je vais le quitter. Je dois le quitter. Pourquoi la vie, c'est toujours des hommes infidèles et des femmes tristes ? Hommes infidèles, femmes tristes. Hommes infidèles, femmes tristes. Un vieux disque qui saute depuis la nuit des temps. Ça ne t'a jamais traversé l'esprit, à toi ? Bon, d'accord, ça fait longtemps que j'hésite à te le dire parce que ce n'est pas de mes affaires, mais tu sais, l'année dernière, un soir en rentrant du golf, Philippe m'a confié que Martin avait une collègue qui le « dérangeait » pas mal à son agence… Je n'en sais pas plus, peut-être qu'il n'y a pas de quoi t'énerver, mais si jamais tu creuses la question un peu plus avec lui et que ça dégénère, tu as la clé de chez moi, mon amie, alors ne te gêne pas pour t'installer à ton aise. Je mettrai Philippe à la porte à notre retour dimanche soir, et toi et moi on sera colocs ! Pourquoi on s'en empêcherait ? Ne m'as-tu pas dit que Martin avait découché après un party de bureau cet hiver, chez son chef comptable (ben oui !), sous prétexte qu'il était trop soûl pour conduire ? Honnêtement, si j'étais toi, j'investiguerais la chose. (Maintenant que j'y pense, un détail me revient : il paraît qu'elle ressemble à Nicole Kidman.) Merde, le préposé joue avec ses clés, il faut que je file ! Juste une dernière question : toi qui me connais, me trouves-tu possessive et contrôlante ? Sois honnête, après tout, je suis sur terre pour évoluer. Mon Dieu, je suis misérable. Je vais essayer le cours de cardio-latino sur le bord de la piscine.

Bibi x

De : Bianca Larrivée
Objet : Ne t'inquiète pas
Date : 28 juin
À : Maryse Gagnon

Ma chère Maryse,

Je suis tellement désolée pour mon courriel psychodramatique d'avant-hier. Je vais finir par espérer que le système ici éprouve vraiment des problèmes d'encryptage. Ouf ! La tempête est passée. Philippe et moi, nous avons décidé d'avoir des enfants ; au moins deux pour commencer, mais on ne serait pas opposés à un troisième si ça se passe bien. Je ne sais pas si c'est l'effet qu'a eu sur moi cette résolution, mais depuis hier, je ne pense presque plus à son écart de conduite. Après tout, une gaffe en quatre ans, il y a pire. Il faut mettre les choses en perspective. Et puis, c'est vrai qu'il a été honnête avec moi, je ne peux pas lui enlever ça. J'espère que tout va bien de ton côté avec Martin. Tu sais, je ne crois vraiment pas que tu doives t'en faire avec ce que je t'ai écrit la dernière fois. Si ma mémoire est bonne, c'est juste une jeune diplômée des HEC qui a fait sa place au service des ressources humaines et qu'il trouve mignonne, rien de plus. Et cette histoire de Nicole Kidman, c'est simplement parce qu'elle s'est déguisée en danseuse de french cancan du Moulin Rouge à l'occasion de leur dernier bal costumé annuel et que ç'a fait jaser jusqu'au PDG de l'agence, mais bon... Il n'y a pas de quoi plier bagage ! Merci encore pour Boris et le basilic.

Bianca x

P.-S. : Pour le barbecue du 15 juillet, verrais-tu un inconvénient
à ce qu'on invite la mère de Philippe ? Elle sera de passage en
ville ce week-end-là avec son nouveau chum, un ingénieur
assez sympa.

De : Bianca Larrivée
Objet : Que faire ?
Date : 30 juin
À : Maryse Gagnon

Je délire. Ce matin, j'ai surpris Philippe en train de lorgner les
fesses d'une cliente qui attendait au comptoir de change, et
la plaie s'est rouverte. Il s'entête, encore et toujours, à me faire
avaler que ça s'est passé juste une fois avec la fille du bar. Il a
continué de jurer sur la tête de sa mère, et moi, j'ai hurlé :
change de cassette, de toute façon, ta mère, c'est une
désespérée finle avec ses mecs puants dégotés sur Internet
tous les trois mois. À partir de là, ç'a vraiment dégénéré…
Je lui ai dit le fond de ma pensée, comment veux-tu, monsieur,
que j'élève des enfants avec un menteur, un hypocrite, un
irresponsable comme toi ? ! ? Il est parti seul sur le bateau
d'expédition de pêche en haute mer alors qu'on avait réservé
deux places… Décomparée, j'ai couru ici pour t'écrire. Le
préposé m'a demandé pourquoi je pleurais, il m'a dit que
j'étais plus belle avec un sourire… *smile, smile, señorita…*
ça m'a fait rire… et patati ! et patata ! Il a verrouillé la porte
du Business center et il a baissé les stores… Ça s'est passé si
vite, tu comprends, je n'étais plus moi-même… J'ai couru dans
ma chambre une fois que ç'a été terminé. Wow. Trop bizarre.
Maintenant, je suis toute mélangée. Antonio… il s'appelle
comme ça… Mais Antonio qui ? Aucune idée. Rien. Il ne m'a
pas laissé son numéro de cellulaire ni son courriel, alors, au
fond, je me dis : pourquoi Philippe l'aurait fait avec sa
nunuche (c'est clair qu'elle était nunuche) ? Reste que
j'aimerais bien revoir Antonio avant qu'on reparte d'ici

demain matin, mais pour la première fois de la semaine, il n'est pas à son poste, c'est un autre qui le remplace… Je ne savais pas, mais il est aussi moniteur de plongée sous-marine ici… Je suis vraiment sur un nuage ! Tout recommençait quand même à aller un peu mieux avec Philippe… D'ailleurs, je te quitte, je dois aller prendre soin de lui, il croupit dans la chambre, il a attrapé le tournis sur le bateau de pêche, pauvre chou… Au moins, il ne sera pas en forme ce soir, parce qu'à côté de ce que j'ai vécu ce matin Ricky Martin bouge comme un Teletubbies… Comment est-ce que je pourrais te le décrire ? J'ai une de ces chaleurs dans le ventre quand je pense à lui. Oh là là !… Je t'appelle dès qu'on atterrit, surtout, je t'en prie, pas un mot de ça à Martin, comment savoir de quoi ils parlent, nos deux petits Jules, entre leurs trous de golf ?

Bianca xx

P.-S. : Si tu as besoin de vacances, voudrais-tu qu'on revienne ici juste toi et moi cet automne ? J'ai super exagéré pour la bouffe.

Êtes-vous mariée à un psychopathe?

Lorsque je lui ai annoncé que j'irais chez Rebecca, Pierre n'a pas compris pourquoi je ne préférais pas élire domicile chez Valérie. Ma fille aînée habitait seulement à quelques rues de chez nous sur la Rive-Sud, la maison comptait une chambre d'amis et j'aurais pu l'aider à prendre soin des enfants en soirée, Marc travaillant de nuit vu la finale de hockey qui battait son plein et donnait au centre-ville des airs de révolution. Rebecca, quant à elle, habitait un petit quatre et demie en plein cœur du Plateau-Mont-Royal, un quartier effervescent de la métropole situé à plus de quinze kilomètres de chez nous. Là-bas, je serais réduite à dormir sur le canapé-lit du salon, sans compter que l'horaire de travail de Rebecca était irrégulier, de sorte que ma présence risquait de l'embêter si elle devait rentrer tard ou, au contraire, se lever très tôt.

— Et puis tu ne trouveras jamais de stationnement dans son coin! avait conclu Pierre.

C'est pourquoi je me suis écriée « Bingo! » ce matin-là en passant en marche arrière et en braquant les roues de ma Jetta de manière à me saisir du créneau entre une Jeep et une Plymouth au pare-chocs orné d'un autocollant FUCK BUSH, tout juste au pied de l'escalier en colimaçon qui menait au triplex de la rue de Mentana dont ma fille louait le deuxième étage. Car la frilosité de Pierre avait suffi à m'angoisser. Tout au long du trajet, je n'avais pu faire autrement que de me demander : allais-je tourner en rond durant de longues minutes dans les rues du voisinage à la recherche d'un endroit où me garer ? Et s'il n'y en avait pas, serais-je obligée de faire demi-tour, traverser le pont en sens inverse et regagner la Rive-Sud, voyant ainsi mon programme s'envoler en fumée ? Par *programme*, j'entendais bien sûr le fait de passer un peu de temps avec Rebecca, mais surtout, je peux le dire, organiser des retrouvailles entre elle et Raphaël, son ami d'enfance, le fils de ma grande amie Murielle.

L'air frais de la matinée d'avril me pinçait les joues. Pendant que je récupérais mes effets dans le coffre de la voiture, de l'autre côté de la rue, un homme de grande taille vêtu d'un complet rayé pressait ses enfants de grimper dans sa Subaru. Les arguments qu'il invoquait — la privation de jeux vidéo, les limites de sa patience — n'avaient pas grand effet sur les cris des deux fillettes, les boîtes à lunch échappées par terre et les écharpes emmêlées dans les sangles des sacs à dos. J'ai pensé que je n'avais pas convenu d'une heure d'arrivée précise avec Rebecca et que ça n'avait pas semblé la déranger : « Il faudrait que tu arrives avant dix heures pour que je te remette le double des clés », telle avait été sa seule indication. La Subaru a disparu au bout de la rue tandis que j'atteignais le balcon du deuxième étage dont le revêtement en bois accusait quelques signes de pourriture. Rebecca est venue m'ouvrir. Une serviette verte enroulée autour du corps, une rouge entortillée sur sa tête et son téléphone cellulaire collé sur son oreille, elle m'a fait la bise, une main recouvrant le microphone de son appareil.

— Oh, des fleurs! s'est-elle exclamée.

Elle m'a serrée dans ses bras et elle m'a dit qu'il y avait *des millénaires* qu'on ne lui en avait pas offert, ce qui m'a tout de suite rassurée sur la pertinence de mon programme. Son corps était chaud et toujours aussi mince et ferme. J'ai fait claquer la porte derrière moi tandis qu'elle disparaissait au bout du corridor en sautillant sur la pointe des pieds, sans doute en raison de l'air frisquet qui s'était engouffré dans l'appartement. Elle a repris sa conversation d'une voix chantonnante :

— Oui, ma mère… oh… pour deux jours…

Dans le salon, première pièce à laquelle on accédait une fois franchi le minuscule vestibule où s'entassaient les innombrables chaussures et bottes de cuir de ma fille, j'ai déposé ma valise par terre et le bouquet de tulipes sur la table basse, parmi un bol à café ébréché, un contenant de compote de pommes et un tas de bouquins, la plupart ouverts et retournés à l'envers, écartelés à plat pour en garder la page. Si ma fille lit autant, c'est parce qu'elle est journaliste à la section culturelle d'un grand quotidien montréalais, et tous les samedis, dans le cahier D, elle se transforme en critique littéraire, bien qu'elle s'entête souvent à dire que personne ne s'intéresse à ses comptes rendus ; tout au mieux, affirme-t-elle, on se contente de compter les étoiles au bas de la page. Aussi dois-je la détromper à tous les coups : « Eh bien, moi, ma chère, je te lis fidèlement, religieusement ! » Et ce n'était rien : ce que j'avais encore plus hâte de lire, c'était son roman, une belle saga dont elle m'avait entretenue à quelques reprises avant de terminer son baccalauréat en littérature. Mais quand nous le pondrait-elle enfin, je n'en savais rien. Par respect pour cette culture du secret qu'on disait parfois nécessaire à l'acte créateur, il y avait longtemps que je n'avais pas abordé le sujet avec elle, ce qui me rendait d'autant plus impatiente de découvrir cet univers qui se déployait à la fin du XVIIᵉ siècle et racontait l'histoire de mademoiselle Anne, une fille du roi qui débarquait en Nouvelle-France et qui, envers et contre tous, rejetait son destin pour fonder une école. Je dois dire que j'avais toujours eu un faible pour les personnages d'enseignantes : j'en avais été une moi-même avant de prendre ma retraite un an plus tôt.

— Tu fais comme chez toi, *mom* ! a crié Rebecca, quelque part au fond de son appartement. Je vais m'habiller.

Afin de faire un peu de clarté, j'ai écarté les rideaux de coton écru d'un geste sec, et c'est tout juste après qu'il s'est produit un certain incident. Fidèle à mon habitude, j'ai voulu me recoiffer, et comme il n'y avait pas de miroir dans le salon, j'ai dû me rendre dans la salle de bains. Des effluves de savon et de shampooing fruité embaumaient la pièce et le ventilateur ronronnait de façon poussive. Aussi, comme il flottait encore un nuage d'humidité qui risquait de transformer ma tignasse en une grosse boule de frisottis, je me suis dépêchée. Mais voilà : lorsque j'ai voulu jeter les quelques cheveux pris entre les dents de mon peigne dans la poubelle près de la cuvette, je suis restée figée. Sur un amoncellement de kleenex, j'ai aperçu un tube de latex couleur sable, tout flasque, rempli d'un liquide grisâtre. J'ai porté une main à ma gorge tandis que le séchoir se mettait à ronfler dans la chambre de Rebecca. Je n'avais jamais vu un condom d'aussi près, encore moins un condom qui avait servi à ma fille, et je ne savais pas ce qui me dérangeait le plus : le fait que Rebecca ne m'avait pas confié qu'elle fréquentait quelqu'un depuis sa rupture avec Simon ou le fait que, n'osant pas déposer mes cheveux sur ce condom qui m'avait l'air — je l'aurais juré — encore mouillé, je les ai fourrés dans la pochette intérieure de mon sac à main. Comme si cela ne suffisait pas, en étirant le cou davantage, j'ai aperçu l'embout bien rempli d'un autre condom qui émergeait d'un kleenex et pendait mollement sur la paroi extérieure de la poubelle.

Je suis sortie de la salle de bains après m'être battue contre la poignée dont le mécanisme aurait gagné à être huilé. Rebecca avait revêtu un jean bleu et un chandail blanc à manches pagode ; ses cheveux blonds tombaient sur sa nuque délicate.

— Je vais voir l'expo de photos de Raphaël cet après-midi ! ai-je lancé, comme si de rien n'était. C'est une série sur l'Inde, cette fois.

Pour toute réaction, Rebecca a saisi le bouquet de tulipes sur la table basse.

— Ah oui? Penses-tu que je dois couper les tiges?

Je lui ai dit que non et elle est allée remplir un vase d'eau dans lequel elle a plongé les fleurs. Elle devait se rendre à une conférence de presse et elle serait de retour pour le souper. De la salle de bains m'est parvenu le cliquetis de ce que je devinais être des étuis de différents cosmétiques : poudre compacte, fard à paupières et rouge à lèvres. Je me suis demandé si mon programme pouvait encore tenir la route après ce que je venais de découvrir et j'en ai déduit que oui : cette relation qu'elle gardait secrète ne devait pas être sérieuse. Une passade, tout au plus. Mais, ô mon Dieu! me suis-je dit après y avoir réfléchi un peu plus : peut-être s'agissait-il d'un homme déjà engagé ailleurs? Il n'avait, en tout cas, pas dormi ici, autrement Rebecca m'aurait dit d'arriver n'importe quand *après* telle heure et non n'importe quand *avant* dix heures.

— Des pâtes ce soir, ça te va? a-t-elle crié.

Une idée plus terrible encore m'a traversé l'esprit : puisqu'il y avait deux condoms, cela pouvait-il vouloir dire qu'il y avait eu deux hommes? Ce serait pire que tout. Mais non, me suis-je vite raisonnée, quelle hypothèse ridicule. J'ai farfouillé dans ma valise à la recherche de mes pantoufles en tentant de donner à ma voix des accents joyeux :

— J'adore les pâtes! Tu as besoin que je fasse des courses? J'ai apporté mes draps, je ne savais pas si tu en avais en surplus. Je t'ai aussi rapporté ton DVD de Pilates, finalement, je n'aime pas ça! Tu sais que ton neveu et ta nièce suivent des cours de yoga à la garderie? C'est incroyable!

Ses talons hauts martelaient le plancher de bois franc quand elle est revenue dans le salon pour consulter un papier rangé dans la chemise Clairefontaine à carreaux bleu ciel posée sur le coin de son bureau, un meuble en noyer patiné à l'ancienne qui avait appartenu à son père. L'odeur de son parfum m'a chatouillé les narines : une mixture de mandarine et de lavande. Rebecca m'a donné ma clé et elle m'a dit qu'il y avait des croissants au congélateur et du jambon au poivre dans le frigidaire si j'avais faim.

— Peut-être plus tard, ai-je dit.

— Bon, qu'est-ce qu'il fout, mon taxi?

Tandis que je la regardais se balancer sur ses jambes devant la fenêtre du salon, j'ai été tiraillée par l'envie de m'écrier : « Ma chouette, si cet homme-là est déjà pris ailleurs, ce n'est pas un bon choix! » Il va sans dire — oui, puisque c'était la raison de ma présence chez elle — que ma fille méritait un homme qui prenne soin d'elle, répare son balcon pourri et lubrifie ses poignées de portes, pour commencer, par exemple. Alors, pourquoi cela semblait-il si compliqué?

Quand Rebecca avait quitté Simon il y avait de cela plus d'un an et demi, je n'avais pas douté de la justesse de sa décision. Comme ma fille avait perdu dix livres quelques mois à peine après le début de sa relation avec cet acteur populaire de douze ans son aîné, il y avait longtemps que j'avais deviné qu'elle ne devait pas être heureuse à ses côtés. J'en avais d'ailleurs eu la preuve un dimanche du mois d'août, le jour même de ses trente ans. Afin de s'isoler pour travailler à un scénario de film, Simon avait loué un chalet à Sainte-Adèle pour la saison estivale, et comme Rebecca allait le rejoindre là-bas tous les week-ends, elle avait suggéré que nous célébrions son anniversaire à cet endroit. La matinée était splendide et nous étions donc tous enjoués à l'idée de prendre la route des Laurentides, Pierre et moi dans la Jetta, Valérie, Marc et les enfants dans leur minifourgonnette. Cependant, une fois sur place, nous avions trouvé Rebecca assise en tailleur sur la chaise longue de la galerie qui dominait le lac. Le paysage était ravissant : l'eau glougloutait, les conifères géants se balançaient au gré de la brise et des nuages crémeux glissaient dans le ciel. Mais ma fille était clouée là, un vieux chapeau de paille sur sa tête, un verre d'eau bourré de mégots de cigarettes à côté d'elle, encore vêtue d'un vieux t-shirt. Nous nous étions approchés d'elle pour finalement l'encercler, nous sentant tous un peu malvenus avec nos sacs de victuailles et nos cadeaux emballés dans du papier aux motifs criards. Après avoir promené son regard vide sur nous, Rebecca s'était remise à pleurer en fixant le lac. « Câlisse, qu'est-ce que t'as ? » avait fini par lâcher Marc — et, pour une fois, je dois dire que le franc parler de policier de mon gendre ne m'avait pas semblé exagéré par rapport à la situation. Rebecca avait essuyé ses larmes sur la manche trop grande de son t-shirt et elle avait sangloté : « On s'est engueulés. » Et c'est ainsi que ma fille avait célébré ses trente ans : les yeux gonflés derrière ses verres fumés, le teint gris, incapable d'avaler ne serait-ce qu'une bouchée de saucisse grillée ou de salade de macaronis. Un vrai zombie, comme l'avait dit Pierre lorsque nous avions reparlé de tout cela quelques jours plus tard. Seuls Morgane et Matisse étaient parvenus à lui arracher un sourire au moment où ils lui avaient offert leur carte géante découpée dans un carton rouge et constellée d'autocollants de fées et de voitures. Quand l'un d'entre nous s'aventurait à l'intérieur du chalet pour aller à la salle de bains ou quérir un condiment à la cuisine, son retour sur la galerie générait chaque fois des regards pesants dont le sous-entendu était clair : « L'as-tu vu ? Est-ce qu'il est là ? Est-ce qu'il va sortir ? » Après le lunch, Valérie avait demandé à Rebecca si elle préférait qu'on s'en aille, mais celle-ci s'était opposée à l'idée : « Oh non, restez, vous êtes tout ce que j'ai. » Aussi nous avait-elle enfin expliqué la situation : « Simon prétend que je suis cinglée. » Autour de la table, il y avait eu plusieurs froncements de sourcils, raclements de gorge, soupirs et exclamations. « J'ai déjà appris qu'il ne faut jamais croire quelqu'un qui nous dit qu'on est fou », avait fini par déclarer Valérie en nettoyant les croûtes de ketchup sur les joues de ses enfants. Ma fille aînée avait suivi des cours de psychologie à l'université, alors nous nous étions tous tus pour écouter la suite. Trempant de nouveau le gant de toilette dans un verre d'eau, Valérie avait repris : « Quand quelqu'un nous accuse de quelque chose, c'est de la projection. C'est le vieux principe du "Celui qui le dit, celui qui l'est". Au fond, c'est dans sa tête à lui que ça ne doit pas tourner rond. » Nous avions tous été d'accord avec cette théorie. En effet, m'étais-je dit, ne fallait-il pas que ce soit Simon, le problème, pour infliger un tel traitement à ma fille le jour même de son anniversaire, et devant sa famille, en plus ? Pourquoi ce goujat ne sortait-il pas de sa cachette pour mettre fin à cette ambiance de lourdeur qui rendait chacun mal à l'aise ? Ce n'était que vers la fin de l'après-midi, pendant que j'aidais Matisse à capturer des papillons dans l'allée rocailleuse qui longeait le chalet, que j'avais entendu Simon à travers un soupirail du sous-sol, où Rebecca m'avait dit qu'il avait installé son bureau afin de bénéficier d'un peu de fraîcheur. *« Ha ha ha. C'est la brebis qui m'a fait une prophétie ! »* Son charabia était incompréhensible ; j'imagine qu'il testait à voix haute les répliques du scénario qu'il écrivait. J'avais eu envie de m'approcher du soupirail pour y crier : « Espèce de mufle ! Histrion ! Ma fille n'est pas folle, et si Jean-Claude était là, tu ne t'en tirerais pas si facilement ! » Mais alors, qu'aurait pensé mon petit-fils Matisse, qui était déjà découragé parce que sa mamie n'attrapait que des sauterelles baveuses dans les mailles de son filet au lieu de beaux papillons ? Sans parler de Pierre, qui n'aurait sans doute pas aimé que je lui rappelle combien Jean-Claude, avec sa hardiesse légendaire, aurait réglé autrement que lui la situation — de toute la journée, la seule initiative de Pierre avait été d'allumer le barbecue.

Mais qu'importait tout cela ? Le mois suivant, Rebecca avait quitté Outremont et le cottage de Simon et elle avait récupéré son appartement de la rue de Mentana qu'elle sous-louait depuis plus d'un an à une Parisienne venue étudier le violoncelle à l'Université McGill. Aussi je m'étais dit : ma fille va bien trouver quelqu'un d'autre. Puisque moi, j'y étais parvenue après l'accident de voiture de Jean-Claude, alors, pourquoi pas elle ?

Je me le demandais.

Un klaxon a retenti dans la rue et Rebecca m'a fait la bise.

— Mon taxi est là !

— On se voit ce soir, ma chérie.

La porte a claqué. Je me suis rendue dans la cuisine, j'ai repéré la poubelle sous l'évier et j'y ai jeté la touffe de cheveux que j'avais gardée dans mon sac à main.

✳ ✳ ✳

Au milieu du grand local au plancher de bois caramel, derrière un comptoir en vitre où étaient exposés des bijoux d'inspiration africaine, une jeune fille d'une vingtaine d'années montait la garde.

— Vous connaissez *l'artiste* ?

Elle avait un accent anglais et elle me dévisageait avec froideur. Pendant un moment, j'ai regretté d'être venue à pied jusqu'à cette galerie du Vieux-Montréal et d'avoir, dans un souci de confort, revêtu mes vêtements de sport et mes baskets. Cet accoutrement me faisait sans doute passer pour une touriste. Mais, depuis quelque temps, la randonnée pédestre était une activité à laquelle j'aimais me consacrer. Tous les dimanches, je m'aventurais dans les sentiers du mont Saint-Hilaire avec une douzaine de passionnés comme moi. Dans notre groupe, certains étaient d'ailleurs si mordus qu'ils se préparaient à entreprendre le pèlerinage de Saint-Jacques-de-Compostelle tout en niant que ce projet réponde à quelque démarche spirituelle que ce soit. Cela me paraissait étrange : dans ce cas, me disais-je, pourquoi ne pas simplement faire une excursion au mont Tremblant ou dans les Adirondacks ? Mais cela ne me concernait pas et, tandis que le regard impérieux de la jeune fille pesait toujours sur moi, j'ai résolu qu'il n'était pas question de me laisser impressionner. J'ai donc fixé avec insistance la tunique de satin argenté qu'elle portait par-dessus une paire de leggings noirs comme si c'était une tenue des plus incongrues.

— C'est un ami de la famille, ai-je répondu.

Ses traits se sont tout à coup adoucis :

— Oh oui ? Il ne devrait plus tarder. Ce qu'il fait est très beau. Voulez-vous un thé vert ?

J'ai accepté son offre et, après s'être absentée quelques secondes tout au fond de la galerie dans ce qui me semblait être un cagibi, la jeune fille est revenue avec une tasse en porcelaine posée sur une soucoupe. J'ai poursuivi ma tournée des lieux en soufflant sur le liquide chaud.

Par fidélité à la mémoire de ma grande amie Murielle qu'un cancer fulgurant avait emportée trois ans plus tôt, je me faisais un devoir d'assister à chacune des expositions de photos de son fils unique, auxquelles j'étais conviée par courriel comme cent et quelques autres destinataires. En deux ans et demi, *Au bout du monde/End of the World* était la troisième exposition de Raphaël, et la façon dont les gens vivaient en Inde semblait plus surprenante encore que celle qui avait cours en Bolivie ou en Thaïlande, les deux pays qu'il avait arpentés auparavant avec son appareil photo. En Inde, des barbus décharnés déambulaient complètement nus dans les rues (*Sâdhu*, photo 4), des femmes faisaient leur lessive dans un Gange aux eaux brunes (*Crépuscule*, photo 18) et des gamins pas plus vieux que mes petits-enfants confectionnaient des guirlandes de jasmin pour les touristes (*Gagne-pain*, photo 22). Raphaël avait croqué tout cela sur pellicule, et plus encore, et à en juger par les pastilles rouges qui ornaient quelques-uns des cartons descriptifs collés à la droite des photos, sa démarche connaissait un beau succès.

Au sujet de Raphaël, il me parvenait à l'occasion des nouvelles par l'entremise de son père Antoine, lorsque Pierre et moi l'invitions à souper, ce qui, je dois l'admettre, arrivait moins souvent depuis qu'il fréquentait Maria, une agente immobilière hispanophone aux faux ongles. «Si Murielle voyait ça!» m'étais-je exclamée la première fois qu'il s'était pointé chez nous avec elle. «Qui es-tu pour juger?» avait répliqué Pierre, d'une façon si péremptoire que j'étais persuadée qu'il se disait qu'Antoine avait dû, lui aussi, le comparer avec Jean-Claude quand il m'avait vue à ses côtés la première fois. Toujours est-il que les dernières nouvelles au sujet de Raphaël étaient tombées un mois plus tôt, lorsque Antoine nous avait annoncé que son fils avait rompu avec Marjorie, sa copine de longue date. C'était ce soir-là, pendant que Maria nous vantait les bienfaits du spa qu'elle avait fait installer dans son jardin d'inspiration toscane à Repentigny, que j'avais commencé à penser à mon programme.

Bien entendu, Murielle et moi avions fait allusion à cette possibilité des centaines de fois : ne serait-il pas merveilleux que Raphaël et Rebecca forment un couple un de ces jours ? Comme ils n'avaient que quelques mois de différence, pour les deux jeunes mères que nous étions, l'idée semblait naturelle. Nous les promenions côte à côte dans leurs landaus, nous les couchions dans le même lit à l'heure de la sieste et, bien souvent, quand nous allions les réveiller, nous trouvions leurs deux petits corps chauds collés l'un à l'autre. Et que dire de toutes ces vacances d'été à Cape May ou à Cape Cod, quand Murielle persuadait Antoine de délaisser ses patients pour quelques jours et que je parvenais à faire de même avec Jean-Claude et ses dossiers de cas litigieux ? Sur les plages colonisées par les vacanciers, il suffisait qu'un enfant menace de jeter de l'eau au visage de Rebecca ou de donner des coups de pied dans ses châteaux de sable pour que Raphaël se lance dans une imitation de Hulk, son superhéros favori, ce qui ne manquait jamais de repousser le petit fauteur de troubles. Bien entendu, l'adolescence les avait éloignés, et l'eau avait coulé sous les ponts, mais voilà : puisque tous deux étaient aujourd'hui âgés de plus de trente ans et se trouvaient toujours seuls et sans enfant, n'était-ce pas la preuve qu'ils n'avaient jamais su dégoter mieux que la petite âme sœur qu'ils avaient été l'un pour l'autre ?

« N'est-ce pas, Murielle, que c'est une bonne idée ? » Parce que c'étaient nos longues conversations qui me manquaient le plus depuis son départ, il m'arrivait très souvent d'adresser la parole à ma grande amie en pensée. Certes, j'allais parfois prendre un café avec Linda Guénette, mon ancienne collègue, ou prendre un verre de vin avec Brigitte Lemaître, une divorcée dévergondée de mon club de marche, mais ce n'était pas pareil.

La jeune fille a mis un disque compact dans la chaîne stéréo posée sur la tablette derrière elle et les haut-parleurs ont craché quelques notes de guitare. Je suis allée lui remettre ma tasse de thé et elle a disparu de nouveau derrière la porte au fond de la galerie. Elle n'était toujours pas revenue quand Raphaël a fait son entrée vêtu d'un jean aux genoux déchirés, d'une chemise noire ouverte sur un t-shirt rouge, le nez chaussé de verres fumés à la monture argentée, le visage toujours aussi glabre. J'ai foncé droit sur lui.

— Raphaël, mon chou, bravo ! Tu me fais voyager !

Il a retiré ses verres fumés :

— Hé, Lucie! Content de te voir, tu es rayonnante!

C'est ce que j'aimais tant chez Raphaël: ses dehors d'adolescent ténébreux étaient toujours rachetés par un compliment bien choisi. Je lui ai fait la bise:

— Alors, ça se vend comme des petits pains?

— Bah, rien que des touristes en quête de souvenirs. Mais je ne m'en plains pas. Sharon est derrière?

— La petite vendeuse? Oui, je crois.

Il m'a priée de l'attendre et il s'est éloigné vers le fond de la galerie.

— Tu as bien reçu mon courriel? ai-je roucoulé avant qu'il ne disparaisse tout à fait. Tu es libre pour un café?

Il a laissé la porte entrouverte derrière lui. Par moments, des bribes de conversation me parvenaient, mais en raison des notes de guitare, il m'était impossible de déchiffrer le tout clairement. Un septuagénaire à la taille ceinte d'une banane a poussé la porte de la galerie, puis, après avoir promené un œil vide à l'intérieur, il l'a laissée se refermer et il a repris son chemin sur le trottoir aux côtés d'une femme à l'épaisse silhouette qui suçait un cornet de crème glacée malgré le temps frais.

Dans le salon de thé de la rue Saint-Paul où Raphaël a suggéré que nous nous rendions, il y avait un nombre de plantes si impressionnant sur le bord des fenêtres qu'on se serait crus dans une serre. Comme il n'avait pas déjeuné, en plus de son café au lait, Raphaël a commandé un panini au rôti de porc et aux aubergines marinées. J'ai pris un biscuit aux canneberges.

De son voyage en Inde, Raphaël disait avoir rapporté le sentiment profond que *l'instant* était le seul baromètre du bonheur humain.

— N'est-ce pas ce que je fais avec mes photos, d'ailleurs, capturer des instants? a-t-il remarqué.

J'ai trouvé cette observation un peu innocente, mais je l'ai laissé poursuivre. Il affirmait aussi avoir développé là-bas un goût prononcé pour la lenteur; il était d'ailleurs en train de s'attarder sur la description d'un temple hindou situé à trois heures de Calcutta et dont il avait soumis la photographie à un concours tenu par un grand magazine français quand j'ai senti ma patience s'évanouir :

— Sans vouloir sauter du coq à l'âne, mon chou, es-tu occupé demain soir?

— Je ne crois pas.

— Tu veux venir souper avec Rebecca et moi? On fait des travaux dans la cuisine à Brossard, alors je passe quelques jours chez elle.

Raphaël a froncé les sourcils :

— Rebecca, ta fille?

J'ai tenté de ne pas trop me trémousser sur ma chaise :

— Qui d'autre!

Il a pris une bouchée de son panini d'un air songeur, puis, après avoir tranquillement mastiqué, il a dit :

— Ça doit faire dix ans que je ne l'ai pas vue.

Je ne souhaitais pas éveiller de souvenirs douloureux, mais je l'ai corrigé, lui rappelant qu'ils s'étaient croisés aux funérailles de Murielle.

— Possible, a soupiré Raphaël. J'étais tellement sonné ce jour-là! J'avais pris trop de calmants.

— Moi aussi.

— Mais ça me revient. Elle était là avec Simon Ouellette, le comédien?

— Oh, lui, c'est du passé. C'est très révolu! Simon ne pensait jamais à rien d'autre qu'à son nombril.

Quelques contorsions ont déformé le visage de Raphaël:

— C'est ce que mon ex me reprochait, à moi aussi.

J'ai épousseté la table des miettes tombées de mon biscuit.

— Tu sais, Raphaël… tu savais que Rebecca est journaliste culturelle? Tu vois ses articles dans le journal?

Raphaël a trituré avec ses canines une lamelle d'aubergine marinée:

— Je ne lis jamais les journaux. Ce sont des ramassis de mensonges, des outils pour manipuler la populace.

L'huile a fait briller ses lèvres d'un rose violacé. Il les a tapotées avec sa serviette de table et j'ai jugé que j'avais assez parlé de Rebecca pour le moment. Aussi étais-je en train de lui demander si je pouvais lui acheter une copie de sa photo 3, *Fringale,* celle qui montrait un petit singe la main plongée dans un gros sac de croustilles, quand la sonnerie de son téléphone a retenti. Après avoir marmotté quelques onomatopées dans le microphone en se grattant la nuque avec son pouce orné d'un anneau en argent, Raphaël a raccroché et il m'a annoncé qu'il devait retourner à la galerie rencontrer un couple d'Américains que ses photos intéressaient.

— Qu'est-ce que je t'avais dit? a-t-il ajouté. Rien que des touristes.

— Ta mère serait tellement fière de toi!

Raphaël s'en est allé, avalé par le lierre cramponné au montant de la porte.

Plus tard ce soir-là, pendant qu'on terminait nos pâtes à la puttanesca dans sa cuisine exiguë à la hotte défectueuse, ça a été au tour de Rebecca de froncer les sourcils:

— On va souper avec Raphaël demain? En quel honneur?

— Quoi? Je me suis dit que ça lui ferait du bien de nous voir. Il est célibataire depuis quelque temps.

J'ai tenté de discerner un signe d'intérêt sur le visage de Rebecca. Elle a rongé une olive noire:

— Il ne préférerait pas voir le match de hockey? C'est la finale.

Elle a craché le noyau dans sa main avant de le déposer sur le bord de son assiette.

— Raphaël est un artiste, tu sais. Il n'a même pas soulevé la question. Je lui ai donné rendez-vous au restaurant après le cocktail. Je croyais que ça te ferait plaisir de le revoir.

Elle a fait une petite grimace :

— J'aurais préféré qu'on soit en tête-à-tête demain soir.

Cette remarque m'a émue. J'ai posé une main sur la sienne pour la caresser :

— Mais, ma chérie, nous sommes en tête-à-tête ce soir, non ?

À mon retour du Vieux-Montréal, j'avais remarqué que ma fille avait vidé la poubelle de sa salle de bains. Se doutait-elle que je n'avais pu faire autrement qu'apercevoir son contenu ? Serait-il jamais approprié d'aborder la question avec elle ? Son téléphone cellulaire a vibré sur la table, ce qui m'a surprise à un point tel que j'ai accroché mon verre de vin et fait gicler quelques gouttes sur la manche de mon chemisier. Rebecca a déplié son téléphone et un sourire s'est dessiné sur ses lèvres pendant qu'elle fixait l'écran.

— Ç'a l'air bien drôle ! ai-je remarqué en allant chercher la salière au-dessus de la cuisinière.

— C'est un texto.

Sa voix était lointaine. Il y avait de cela quelque temps, j'avais vu un reportage sur ce moyen de communication florissant qui rendait l'orthographe des jeunes plus bâtarde que jamais, ce qui m'avait réconfortée d'être désormais à la retraite. J'ai saupoudré du sel sur la manche de mon chemisier en observant ma fille hypnotisée par l'écran de son téléphone au-dessus de son assiette de pâtes.

* * *

En dépit de la suggestion de Rebecca de me céder
sa chambre pour la durée de mon séjour chez elle, j'ai
préféré m'installer dans le salon. Il ne me déplaisait pas
de dormir sur un canapé-lit aux ressorts grinçants :
cette installation de fortune me donnait l'impression
d'être en vacances, de faire du camping. Peu après
minuit, des éclats de voix mêlés de cris m'ont tirée de
mon demi-sommeil. M'arrachant des draps, nouant
ma robe de chambre autour de ma taille, glissant mes
pieds dans mes pantoufles, j'ai coulé un œil derrière les
rideaux. La rue était dans la pénombre, mais, sur le
perron du triplex d'en face, trois jeunes hommes
fumaient des cigarettes et buvaient des cannettes de
bière. C'était un spectacle plutôt divertissant. Lorsque,
insomniaque, il m'arrivait de me lever la nuit dans
notre maison de Brossard pour aller me préparer une
tisane dans la cuisine, le silence nourrissait toujours
mon sentiment d'isolement, et il n'y avait rien d'autre
à observer dans notre cour que la mangeoire à oiseaux.

Rebecca a surgi à mes côtés. Elle portait un ban-
deau rouge à pois blancs dans ses cheveux et le pantalon de yoga taille basse que je lui avais offert à Noël.

— Tes voisins ont l'air éméchés, lui ai-je
annoncé. Ils t'ont réveillée aussi ?

— Pas vraiment, je lisais, a-t-elle soupiré tandis
qu'on observait les trois jeunes hommes surexcités sur
leur perron. Ça doit être la fin du semestre. Ou la fièvre
du hockey. Tu vois ce gars-là, le blond, avec le manteau

ouvert et une petite culotte passée autour du cou? Il fait sa résidence de médecine en gynécologie.

Dans l'obscurité, les détails étaient difficiles à distinguer. J'ai plissé les yeux jusqu'à ce que le jeune homme en question titube dans la flaque de lumière que ménageait le lampadaire au-dessus du perron.

— Mon doux, tu as raison… C'est une culotte!

— Ils ont dû aller aux danseuses.

J'ai hoché la tête tandis que le jeune homme écrasait sa cigarette dans le seau en métal près de la porte.

— Tu prends toujours ton rendez-vous chaque année avec la docteure Brissette?

— Maman!

— Quoi? C'est très important.

Le trio de fêtards est rentré et nous sommes toutes les deux retournées nous coucher.

*   *   *

Avant de perdre les siens, Murielle disait qu'à partir de cinquante ans les femmes avaient intérêt à miser gros sur leurs cheveux, car de toutes les parties du corps il s'agissait sans doute de la portion qui résistait le mieux au passage du temps, pour peu qu'on veille à en entretenir la couleur.

Aussi, le lendemain, à la tombée du jour, pendant que j'apportais une dernière touche à ma toilette, je pensais à elle en admirant les miens. Je lui demandais: «Comment tu les trouves?» Mes cheveux me semblaient parfaits: à la fois droits et bouffants, brillants, leurs pointes rebiquées pour m'enrober les joues, la frange s'allongeant en une vague bien définie sur le côté. « J'aimerais une tête à la Jackie Kennedy dans ses années de *first lady*, vous voyez ? » C'était ce que j'avais indiqué l'après-midi même au coiffeur aux mains poilues d'un salon du boulevard Saint-Laurent où Rebecca avait pris rendez-vous pour moi. La musique était forte et le coiffeur avait froncé les sourcils en retroussant ses lèvres charnues. « Jackie Kennedy ! Jackie Kennedy ! » avais-je crié, inquiète. Et pourtant, le résultat s'avérait encore plus beau que je n'avais osé l'espérer. J'étais ravie : ce n'était pas tous les jours que j'assistais au lancement d'un magazine, ni que je réunissais ma fille et son ami d'enfance dans l'espoir de créer des étincelles ou, qui sait, un feu d'artifice.

J'appliquais mon fard à paupières dans la salle de bains quand on a sonné à la porte. Je suis allée ouvrir. L'homme qui se tenait sur le balcon inspectait la pourriture du bois d'un air placide. Je n'ai mis que quelques secondes à le replacer : c'était le grand brun au complet rayé, celui-là même que j'avais vu la veille presser ses enfants de grimper dans sa voiture, à la seule différence que cette fois-ci il portait un jean bleu et un manteau de cuir.

— Oui ? ai-je fait.

Vu ainsi, c'est-à-dire de près, il avait l'air plus âgé. On pouvait distinguer une multitude de rides qui creusaient des plis sur le coin de chacun de ses yeux et l'ombre d'une barbe qui teintait ses joues de gris. Il m'a tendu la main :

— Madame Leclerc? Je suis Vincent, un ami de Rebecca. J'habite le logement juste en dessous.

J'ai senti un courant d'air frais escalader mes bas de nylon sous ma robe fourreau.

— Oh, ai-je pépié en lui serrant la main. Enchantée.

— Pareillement. Je vous ai vue arriver hier matin. Rebecca m'avait dit que vous viendriez passer quelques jours chez elle. C'est bien votre voiture qui est stationnée juste là?

J'ai dû étirer le cou pour voir la rue au-delà de la balustrade du balcon. Vincent a désigné ma Jetta. Comme j'avais fait tous mes déplacements à pied depuis mon arrivée, elle était là où je l'avais garée la veille.

— C'est elle. Pourquoi?

Il a essuyé le bout de son nez sur la manche ratatinée de son manteau de cuir avant de m'annoncer que, depuis le 1er avril, la Ville nettoyait le côté ouest de la rue entre cinq heures et demie et six heures et demie le mardi soir, et que je devais déplacer ma voiture si je ne voulais pas écoper d'une contravention. En effet, pendant que Vincent me parlait, j'ai pu constater qu'il ne restait plus que ma Jetta garée de ce côté-ci du trottoir et, un peu plus bas, une Toyota. J'ai jeté un coup d'œil à ma montre dont les aiguilles marquaient cinq heures vingt-cinq et j'ai ravalé un « zut! ». J'avais prévu quitter l'appartement de Rebecca à cinq heures et demie et me rendre au centre-ville en taxi afin d'éviter la cohue précédant le match des séries éliminatoires de hockey qui, comme on l'avait annoncé au bulletin de nouvelles de midi, rendrait les rues impraticables.

— Ça tombe si mal! ai-je dit, contrariée, absorbée par ce problème imprévu et oubliant un peu la présence de Vincent.

— En tout cas, a-t-il conclu, je préférais vous avertir. Comme Rebecca n'a pas de voiture, elle ne doit pas être au courant de ce règlement.

Cinq minutes plus tard, après avoir chaussé mes baskets par-dessus mes bas de nylon (à la guerre comme à la guerre! avais-je résolu), je montais à bord de ma Jetta pour sillonner les rues du voisinage. Dans la plupart d'entre elles, l'interdiction de stationner touchait un côté de la chaussée sur deux, de sorte que les voitures étaient cordées pare-chocs contre pare-chocs du côté où il était permis de le faire. Les seules places libres étaient réservées aux détenteurs de vignettes. Lorsque j'ai enfin repéré un créneau sous un érable argenté, j'ai appuyé sur l'accélérateur, mais pour apercevoir, une fois rendue à la bonne hauteur, une borne-fontaine plantée sur le trottoir. « Zut et zut! » Les rues étaient toutes à sens unique et elles ne comportaient qu'une seule voie. Les voitures roulaient lentement, s'arrêtant à chaque stop pour céder le passage aux piétons, dont la majorité, à en juger par leurs vêtements et leurs sacs à ordinateur portable, rentraient du travail. Est-il nécessaire de mentionner que c'est ce moment-là qu'a choisi Pierre pour m'appeler sur mon téléphone cellulaire?

— T'es où?

— Dans ma voiture. Je dois la bouger. Ils nettoient la rue. C'est infernal, je tourne en rond depuis quinze minutes ! Et ne me dis pas que tu me l'avais dit.

— Je te l'avais dit.

— Je raccroche.

— Où est le chèque pour le plombier ?

Combien de rues ai-je parcourues de la sorte, je ne saurais le dire exactement. L'heure avançait sur le cadran de ma Jetta et, comme si cette quête du Graal urbaine ne suffisait pas à me mettre en retard, au coin de Boyer et Mont-Royal, je me suis retrouvée coincée dans un bouchon occasionné par le spectacle d'un clochard au dos bossu qui se faisait appréhender par deux policiers à la sortie d'un supermarché. L'homme était vêtu de haillons ; sa peau était grise et, même à quelques mètres de distance, ses yeux paraissaient si vitreux qu'on aurait dit deux trous bouchés par des miroirs. En temps normal, lorsque je vois des policiers en fonction, je pense à mon gendre Marc : travaillent-ils au même poste ? Se connaissent-ils ? Est-ce d'eux qu'il tient son répertoire de blagues vulgaires insupportables ? Mais, cette fois, ce n'est pas à cela que j'ai pensé. En observant ce clochard qui devait être si sale que les policiers avaient enfilé des gants avant de l'approcher, je n'ai pu réprimer cette pensée : « Pourquoi ce quêteux puant, cette loque humaine désarticulée, pourquoi est-il vivant ? me demandais-je. Pourquoi ce n'est pas lui qui est mort dans un accident de voiture ou rongé par un cancer ? Qui est-ce que ça aurait dérangé ? » Tandis qu'un des policiers lui donnait l'ordre d'ouvrir son sac à dos, il me paraissait de plus en plus clair que la fatalité aurait gagné à revoir ses critères de sélection. « Qui est-ce que ça aurait dérangé qu'il crève, celui-là ? » ne cessais-je de me répéter. Je savais que mon point de vue était déplacé, car il était dénué de la moindre compassion et contraire au principe de l'amour du prochain que j'avais tâché d'enseigner à mes élèves durant plus de trente ans. C'est pourquoi, peut-être dans le but de l'étouffer, j'ai enfoncé mon klaxon, faisant des émules parmi les automobilistes, mais un mécontent parmi les piétons, un garçon d'une vingtaine d'années qui a frôlé le capot de ma voiture en vrillant son index sur sa tempe et en crachant des mots que je n'ai pas compris.

Quelques minutes plus tard, j'étais de retour à mon point de départ. Tant pis, avais-je décidé : j'aurais une contravention. Il était presque six heures. La Toyota avait disparu, de sorte que ma Jetta était désormais la seule voiture à ne pas se conformer au règlement municipal. Au moment où je me précipitais dans l'escalier en colimaçon, Vincent est sorti de chez lui. Son front s'est chiffonné d'incrédulité lorsqu'il a aperçu ma voiture au même endroit.

— Que voulez-vous, c'est cordé partout ! lui ai-je crié entre les barreaux en fer forgé de la rampe d'escalier.

Il me fallait retourner chez ma fille une dernière fois afin de chausser mes talons hauts et d'appeler mon taxi. Je venais à peine de refermer la porte derrière moi quand on y a sonné. C'était encore Vincent ; il faisait tourner son trousseau de clés entre ses doigts boudinés.

— Écoutez, madame Leclerc, on va faire quelque chose, a-t-il déclaré. Je m'en vais au hockey et je suis garé du bon côté de la rue. Vous n'avez qu'à prendre ma place.

Sur le coup, j'ai bien failli m'exclamer : « Sapristi, mon grand, tu n'aurais pas pu y penser plus tôt ! »

— Mais vous trouverez encore moins une place au centre-ville, ils l'ont dit aux nouvelles !

Vincent m'a indiqué qu'il travaillait dans une tour de bureaux du boulevard René-Lévesque et qu'un espace de stationnement était réservé à sa voiture jour et nuit.

— Dans ce cas, je descends tout de suite. Laissez-moi juste appeler mon taxi.

Il s'est gratté la tempe avec le bout d'une clé :

— Tant qu'à y être, vous allez où ?

— Au Ritz, rue Sherbrooke.

Quelques instants plus tard, il grimpait dans sa voiture et moi dans la mienne et, après quelques manœuvres, ma Jetta était du bon côté de la rue et on filait tous les deux dans sa Subaru rue Rachel. J'ai expliqué à Vincent que je me rendais au lancement d'un nouveau magazine auquel ma fille avait collaboré. « Vraiment, merci », gargouillais-je à tout bout de champ tandis qu'il brûlait les feux jaunes, ce qui ne manquait pas d'engendrer chez moi des picotements d'excitation et, peut-être bien, un certain regret de ne pas avoir mené une vie plus aventureuse ces dernières années. Il est vrai que, s'il n'en avait tenu qu'à moi, j'aurais préféré faire un voyage au lieu de rénover la cuisine. « Pourquoi n'irions-nous pas au Maroc ? avais-je suggéré à Pierre. J'ai vu un reportage l'autre jour à la télé. C'est exotique. » Mais Pierre en avait jugé autrement. Nous nous étions même disputés à ce sujet, de sorte que, dans le but de le contrarier un peu, je l'avais menacé de me joindre à mes partenaires du club de marche et d'aller faire toute seule avec eux le pèlerinage de Saint-Jacques-de-Compostelle. « Très bien ! avait persiflé Pierre. Ça va te ressourcer. » Et il était allé remplir sa mangeoire à oiseaux d'un mélange de graines.

Vincent avait la conversation facile et, peut-être parce que des Mini-Wheats écrasés et des pelures de clémentines jonchaient le tapis de sa voiture, l'embaumant d'un parfum rance, il m'a surtout parlé de sa situation de père monoparental. Ainsi, avant même que nous atteignions l'avenue des Pins, je savais que ses deux fillettes s'accommodaient très bien de la garde partagée et que lui-même entretenait toujours une bonne relation avec son ex-conjointe qui travaillait dans le domaine de la restauration.

Une fois sous la marquise du Ritz, Vincent a refusé le billet de vingt dollars que je lui offrais.

— Mais prenez donc ! ai-je protesté en le secouant avec fébrilité. Sans vous, j'aurais eu une contravention en plus de devoir me payer un taxi !

Vincent a reculé davantage. Il a écrasé le dos contre sa portière et replié ses avant-bras en les agitant devant sa poitrine comme un oisillon en détresse. « Pas question ! » s'indignait-il. Je trouvais regrettable que notre voyage se termine de la sorte, mais il me semblait trop ingrat de ne pas rétribuer Vincent pour l'assistance qu'il m'avait prêtée. Après tout, qu'est-ce qu'il me devait ? J'ai jeté le billet sur le tableau de bord :

— Vous achèterez un petit quelque chose à vos filles !

Pandora : tel était le nom du magazine dont la page couverture du premier numéro (la photo plutôt atypique d'une rousse aux formes rondelettes et aux grands yeux émeraude) était affichée sur la toile d'un chevalet dès que l'on franchissait les portes tournantes de l'hôtel.

Il y avait environ quinze ans de cela, j'avais visité le Ritz avec Jean-Claude à l'occasion de la bar-mitsva du fils de maître Robert Levine, associé au même cabinet que mon mari. Je gardais un souvenir équivoque de cette soirée où nous nous étions sentis un peu à l'écart des autres invités, peut-être parce qu'ils étaient en majorité anglophones et que nous n'étions pas certains de saisir les subtilités des discours des convives qui prenaient la parole au micro et qui faisaient trembler de rire l'assistance. Néanmoins, nous avions eu une discussion fascinante au sujet de l'holocauste avec le couple francophile qui partageait notre table, des Bloom de Chicago, si je me souviens bien. La femme, une quinquagénaire aux traits épais, portait un collier de perles de style baroque à deux rangs et son mari, un tennisman apparemment accompli, était professeur d'histoire à l'université. J'avais eu l'impression que cet échange avait en quelque sorte racheté le sentiment d'isolement qui nous avait habités le reste de la soirée, mais, sur le chemin du retour, Jean-Claude m'avait fait part de son point de vue tout à fait différent. Il affirmait que ce vieux Bloom n'avait rien fait d'autre que me draguer. Il fallait que je sois aveugle pour ne pas m'en être rendu compte, et j'aurais eu intérêt à me comporter autrement que comme une étudiante ignare qui boit les paroles du premier professeur venu. J'avais prié Jean-Claude de se taire, mais il en avait rajouté : « De toute façon, Lulu, tu penses que tu aimerais ça, te taper un Juif? Une queue pelée. Ha ha ha! » Je détestais quand ses idées atteignaient un tel niveau de grossièreté. « Jici, tu es complètement soûl! m'étais-je indignée. Garde les yeux sur la route! »

Je dois dire que c'est à cette époque que le tempérament de mon mari était devenu de plus en plus explosif sans que je réussisse à comprendre pourquoi. Que ce soit la météo, la cuisson de son filet de bœuf au restaurant ou le retard d'un électricien, un rien le contrariait et le faisait sombrer dans une colère noire. Cela m'avait fait traverser toutes les phases de questionnements classiques de l'épouse. Éprouvait-il des ennuis à son travail? Avait-il perdu de l'argent? Est-ce que je le satisfaisais encore? Y avait-il une autre femme dans le portrait? Était-ce la conclusion à laquelle devait me mener ce reçu de l'hôtel Sheraton de plus de trois cents dollars retrouvé dans la poche intérieure de son veston? Je l'avais montré à Murielle, qui m'avait conseillé de ne pas l'entretenir de cette découverte : « Laisse pisser », m'encourageait-elle. À son avis, s'il s'agissait d'une histoire le moindrement importante, le chat sortirait du sac bien assez vite. Aussi les mois avaient-ils défilé sans que rien de tel ne se produise, mais sans que l'humeur de Jean-Claude cesse pour autant d'être erratique, ce qui avait fini par me préoccuper davantage que l'idée qu'il ait eu une aventure en dehors du nid — hypothèse que je n'avais d'ailleurs jamais débrouillée.

Toujours est-il que, même si Murielle et moi nous étions souvent dit qu'il serait agréable de venir y prendre le thé un après-midi, je n'avais pas remis les pieds au Ritz depuis la bar-mitsva du petit Levine. Les plafonniers du hall étaient tamisés de façon à diffuser un éclairage jaune et velouté, et le plancher de marbre était si poli qu'il semblait huileux. Sur chaque mur s'élevaient de grands miroirs, ce qui créait l'illusion que les bouquets de fleurs dressés dans des vases bulbeux sur les consoles, les commodes, les secrétaires et les guéridons antiques étaient encore plus fournis. J'ai suivi la direction dans laquelle pointait la flèche sur le chevalet. À l'entrée de la salle où le lancement se déroulait grouillait un essaim de cameramen et de journalistes avec leur bazar de micros, de perches, de fils et de projecteurs.

— Vous avez votre carte d'invitation? s'est enquise une fille vêtue d'une robe au décolleté liséré de dentelle verte.

J'ai plongé une main dans mon sac et la fille a troqué mon carton contre un exemplaire du magazine. J'en ai fait un rouleau et je l'ai glissé sous mon bras. J'ai fait pareil avec mon manteau et j'ai fendu la foule à la recherche de Rebecca. La plupart des invités échangeaient des murmures, le visage caché derrière leur verre de vin, accordant peu d'attention à la créature maigrichonne qui, sur la scène, devant les fenêtres drapées de rideaux de velours taupe, parlait au micro. D'une voix chevrotante, elle expliquait que *Pandora* était « le nouveau magazine pour la jeune femme d'aujourd'hui » et qu'il ne restait plus qu'à espérer que les gens embarqueraient dans l'aventure de cette nouvelle féminité qui n'avait pas peur de dire les choses comme elles étaient. Après avoir insisté sur sa fierté d'être la première rédactrice en chef de *Pandora*, elle a remercié les commanditaires, ces partenaires généreux qui les appuyaient dans leur désir de créer des débats et d'interroger la société. Dans l'énumération qui a suivi, j'ai reconnu une marque de savon à vaisselle, une de shampooing — que j'avais d'ailleurs déjà essayé, sans satisfaction —, une de papier hygiénique et une autre de jus vitaminés, et ensuite je ne sais plus parce que j'ai enfin repéré Rebecca et j'ai foncé sur elle.

Vêtue de bottes de cuir qui lui moulaient les mollets, d'une jupe brune et d'un chemisier beige dont elle avait retroussé les manches, ses cheveux tordus en chignon, ma fille se tenait aux côtés d'un quinquagénaire au visage de chauve-souris et d'une mulâtre d'environ trente ans qui, le nez plongé dans son verre de vin, promenait sur l'assemblée un regard circulaire. Durant les applaudissements qui ont suivi le discours, Rebecca m'a complimentée à propos de mes cheveux et elle s'est informée du déroulement de mon rendez-vous avec son coiffeur du boulevard Saint-Laurent. Je saisissais le dernier verre de vin rouge sur le plateau d'un serveur qui passait tout près lorsque la rédactrice en chef de *Pandora* a surgi à nos côtés.

— J'étais comment? J'ai tellement besoin d'une cigarette!

— Parfaite! l'a rassurée Rebecca. Je te présente ma mère, Lucie. Lyne, maman.

J'ai serré la main osseuse et froide de cette femme:

— Félicitations pour la revue, ai-je chantonné, faute d'autre chose.

Ses yeux bleus encroûtés dans une épaisse couche de mascara ont brillé de mille lueurs:

— Votre fille nous a donné un texte sublime. Vous ne devez pas vous ennuyer de votre ancien gendre!

Je n'étais pas certaine d'avoir bien entendu:

— Pardon? ai-je dit.

Rebecca a échangé un sourire complice avec Lyne. Celle-ci a dodeliné de tout son corps et saisi Rebecca par le bras en répétant qu'elle allait mourir si elle ne fumait pas une cigarette sur-le-champ.

— Ça te dérange si je l'accompagne, maman? Tu as un verre? Je vais revenir tout de suite.

Des accords de musique se sont élevés dans la salle. J'étais un peu confuse:

— Non, non, mais… Il y a le souper avec Raphaël après, tu n'as pas oublié?

Rebecca et Lyne se sont dirigées vers la sortie d'un pas rapide ; un homme d'une vingtaine d'années les a accostées, mais, sans ralentir son allure, Lyne lui a fait signe qu'elles reviendraient dans cinq minutes, secouant ses doigts noueux bien écartés au-dessus de sa tête.

Une fois seule parmi la foule, j'ai été prise d'un vertige. Comme je ne connaissais personne, j'avais la sensation de patauger au milieu d'une piscine sans toucher le fond, et sans qu'il n'y ait d'échelle, nulle part où reprendre mon souffle.

Mon manteau et mon exemplaire de *Pandora* sous un bras, mon verre de vin dans mon autre main, j'ai retraversé l'assemblée et quitté la salle. Dans le passage qui menait au hall, la cohorte de journalistes et de cameramen pliait bagage. J'ai repéré un fauteuil crapaud à l'écart du va-et-vient et je m'y suis assise.

* * *

Ce n'était pas la première fois que Rebecca collaborait à un magazine. À quelques occasions, il lui était arrivé de signer des entrevues réalisées auprès de figures importantes du monde de la culture d'ici et d'ailleurs. En règle générale, elle disait ne pas trop apprécier ces contrats d'appoint : « Ils réécrivent mes textes dans une langue de robot et ils coupent les bouts les plus importants ! » Mais c'était payant. Cependant, en tournant les pages de *Pandora,* je ne savais trop à quoi m'attendre. Pourquoi cette Lyne avait-elle fait allusion à Simon? Rebecca l'avait-elle interviewé? Cette idée, qui me semblait loufoque, ne m'a pas habitée longtemps, car je suis vite parvenue à la page 27.

Dans un texte d'introduction, on expliquait que « Êtes-vous mariée à un psychopathe? » était une tribune offerte aux femmes qui avaient envie de partager avec les autres ce qu'elles avaient dû « endurer par amour pour un homme ». L'idée de cette tribune était née du constat que nombreuses étaient les femmes qui, dès qu'elles se réunissaient, ne faisaient souvent rien d'autre que « se lamenter sur les hommes, sur leurs comportements, lubies, humeurs, paroles et hygiène ». Il était donc grand temps qu'une tribune soit destinée à toutes celles qui désiraient saisir leur plume afin de mettre en lumière les travers d'un homme avec qui elles avaient vécu — ou, pourquoi pas, celui avec lequel elles vivaient toujours. À la fin de l'année, les lectrices seraient invitées à voter sur le site Internet du magazine afin d'élire leur témoignage préféré, autrement dit celui qui les aurait le plus consolées de leur propre « désenchantement », car la triste vérité, combien de fois devrait-on le répéter, c'était que le prince charmant n'existait pas. « Alors, puisqu'on en bave, scandait la conclusion de cette entrée en matière, aussi bien se défouler un peu! »

« Comme c'est primaire », ai-je pensé.

— Madame, un peu de vin?

Un serveur arpentait le passage entre le hall et la salle de bal avec des bouteilles. J'ai accepté qu'il remplisse mon verre et j'ai pris une grande lampée.

Portrait de l'*Homo vedettus*
Par Rebecca Leclerc

Pendant trois ans, j'ai partagé la vie d'un humoriste-comédien-animateur-scénariste, et quoi d'autre encore ? Pas de doute, mon homme, c'était une vedette. Cela vous fait rêver, mesdames ? Pourtant, de nos jours, sortir avec un *Homo anonymus*, c'est déjà très compliqué. Or, ces complications se décuplent lorsque l'objet de votre affection est un *Homo vedettus*. Démythifions donc ensemble cette créature fascinante, car, comme le dit si bien Hegel, « il n'y a pas de héros pour son valet de chambre » — ou, si vous préférez, « il n'y a pas de vedette pour la fille qui couche avec ».

Le soir où vous apercevez l'*Homo vedettus* pour la première fois, vous le trouvez plus mignon que sur le papier glacé des magazines à potins que vous feuilletez quand vous poireautez en file à l'épicerie. Cependant, vous ne pouvez pas l'aborder, ni lui sourire, ni renverser sur lui votre vodka-canneberges. En effet, l'*Homo vedettus* risquerait alors de vous confondre avec une *Star suckerus*, un de ces vulgaires parasites femelles qui se déplacent en groupe et qui se nourrissent de sa semence — exercice auquel plusieurs de ses semblables acquiescent lorsqu'ils sont mal pris. Par chance, votre *Homo vedettus* ne tarde pas à se manifester de son propre gré. Serait-ce possible que, habitué d'être désiré et adulé de tous, l'*Homo vedettus* ne connaisse pas cette légendaire peur du rejet qui tourmente l'*Homo anonymus* ? Bravant la foule, poussant vos amies, il fonce droit sur vous :

— Tu es belle, c'est quoi ton nom ?

Vos premiers rendez-vous se déroulent dans les règles de l'art. Quelques films, quelques soupers en tête-à-tête. Dans les restaurants, lorsque vous arrivez avant lui, vous devez vous livrer à des joutes verbales avec les serveuses pour avoir un verre d'eau. Cependant, il suffit que l'*Homo vedettus* soit assis en face de vous quelques instants plus tard pour qu'elles s'inquiètent tout à coup de la température de votre soupe et de la texture de votre tartare, ce qui vous décourage profondément de la nature féminine. L'*Homo vedettus* vous parle de son enfance, de ses voyages, de ses projets. Dès que vous prenez la parole, il vous interrompt d'un air contemplatif :

— Tu es tellement belle !

Vous trouvez cela charmant. Partout où vous allez, les apéros et les digestifs sont offerts. En perdez-vous votre sens critique ? Vous avez vingt-sept ans.

Bientôt, vous confiez le nom de votre nouvelle flamme à vos amies. Ici, avouez-le : la petite vaniteuse en vous s'enorgueillit déjà de leurs réactions. Pourtant, une fois l'effet de surprise passé (« Haaaaaaan ? Ah oui, haaaaaaan ! Lui ? »), vos amies grimacent. Chacune a son histoire à vous raconter : la quantité astronomique de filles avec lesquelles il a couché, à quelle maladie honteuse cela l'a exposé. Vous niez tout. Vilains ragots ! N'empêche, le doute s'installe.

— Chéri, est-ce que c'est vrai qu'il y a deux ans tu fréquentais le B*** et que, chaque soir, tu ramenais chez toi une fille différente ?

— Je suis une personnalité publique. Il y a toutes sortes de rumeurs qui circulent sur moi. Que je suis gai, par exemple. Tu vas devoir t'y habituer.

— Tu as raison.

— N'écoute pas ces langues de vipères.

— C'est promis. Au fait, à quand remonte ton dernier rendez-vous chez le médecin ?

Il vous offre les DVD de films et de séries télé dans lesquels il a tenu un rôle, il vous fait lire les textes qu'il écrit. Quand il accorde des entrevues à la télé ou à la radio, il en revient bouleversé à s'en tordre les mains, persuadé d'avoir dit ceci de trop ou d'avoir oublié de dire cela. Rassurez-le.

— Tu as été parfait. C'est l'animateur qui ne posait pas les bonnes questions.

Un gala se prépare. Une grande fête de la télévision. Devriez-vous vous acheter une robe ? Pas si vite. L'*Homo vedettus* vous annonce qu'il a toujours opéré une coupure très nette entre sa vie privée et sa vie professionnelle. En aucun cas il ne souhaite s'exhiber à vos côtés dans un événement médiatique. Il exècre ses semblables qui, chaque année, paradent sous les projecteurs avec leur douce moitié. Il vous supplie de le comprendre : c'est pour se protéger, lui, mais surtout pour vous protéger, *vous,* son objet d'affection le plus précieux, son trésor, son petit agneau beaucoup trop pur pour affronter la jungle superficielle de la célébrité. C'est donc vêtue de votre pyjama à pois que vous regardez le gala à la télévision. Le lendemain, l'*Homo vedettus* vous prie de ne pas vous alarmer si vous tombez sur une photo de lui aux côtés d'une sémillante jeune fille dans les journaux : il s'est fait croquer sur le tapis rouge avec la nouvelle assistante de son agent. Son sens des contradictions vous fascine. Navré, l'*Homo vedettus* vous invite dans une jolie auberge des Cantons-de-l'Est où la sociologue en vous constate qu'il y a réellement deux solitudes dans la Belle Province, car l'*Homo vedettus* passe incognito auprès de la clientèle et du personnel anglophones.

Son travail l'absorbe. Souvent, la nuit, il se lève pour noter ses idées. Le jour, il les développe, les peaufine, les déclame, les faxe à son agent. Que se passe-t-il derrière la porte close de son bureau ? Il en ressort tantôt euphorique, tantôt mélancolique, tantôt amnésique.

— L'anniversaire de ta sœur, ce soir ? Ah non, mon lapin, c'est impossible que je t'aie dit que j'irais. J'ai envie d'avoir la paix. Et puis, c'est pas avec ta famille que je sors, c'est avec toi.

Un trouble de vision vous incite à prendre rendez-vous chez l'ophtalmologiste, qui vous demande de venir accompagnée, car, afin d'établir un diagnostic, il devra vous injecter dans l'œil un liquide qui rendra votre vue très embrouillée. L'*Homo vedettus* accepte de venir avec vous. Puis, le matin même, il se désiste.

— Il faut que je dorme encore. Je dois être concentré cet après-midi. Je donne deux entrevues.

— Mais j'ai besoin de toi ! Je vais être à moitié aveugle en plein centre-ville en sortant de là !

— Je suis en campagne de promotion ! Tu sais ce que c'est, chérie, le stress d'une campagne de promo ? Peux-tu essayer de comprendre ? Appelle ta mère !

Il est huit heures trente. Votre rendez-vous est à dix heures. Vous appelez une copine. Dans la salle d'attente, il y a un tas de journaux. Vous tombez sur un portrait de votre *Homo vedettus* qui fait l'éloge de l'amour et du couple.

— Tu as vu ça ? pleurnichez-vous. Tu ferais quoi à ma place ?

— C'est un narcissique, dit votre copine. Quitte-le.

Vous emménagez avec lui. Bien que plusieurs *Homo vedettus* se plaisent à étaler leurs talents de cordons-bleus chez Josée di Stasio, Ricardo et compagnie, vous êtes mal tombée. Votre *Homo vedettus,* lui, ne sait pas se faire cuire un œuf — littéralement. Doit-on en imputer la faute aux traiteurs des plateaux de tournage qui le gavent depuis tant d'années, l'ayant confiné dans un éternel stade infantile ? Le soir, vous lui mitonnez des petits plats pendant qu'il s'adonne à son activité favorite : regarder la télévision. La plupart du temps, l'*Homo vedettus* regarde la télévision pour étudier ses semblables — ou, comme tous les Cro-Magnon, pour voir le hockey. Mais, à cette heure de la journée, cette activité est consacrée à l'analyse des quiz sur la culture populaire : l'*Homo vedettus* est curieux de savoir si sa dernière création — ou, pourquoi pas, l'ensemble de son œuvre — a fait de lui un être suffisamment important pour que son nom soit la réponse à une question digne d'enrichir Madame Tout-le-Monde de trois cents beaux dollars. Un soir, cela se produit. Il hurle de joie dans le salon. Vous soupirez au-dessus de vos chaudrons.

— You-hou, ça va refroidir.

Autour de votre table, il vous arrive d'accueillir d'autres *Homo vedettus* et leurs petites copines qui, comme vous, ont quinze ans de moins que leur chéri. Pendant que les *Homo vedettus* se congratulent allègrement sur leur dernière apparition publique et discutent de la bêtise indécrottable des journalistes (c'est très gentil pour vous, qui faites des pieds et des mains pour en devenir une !), les petites amies échangent des recettes et organisent des week-ends à Las Vegas. Lorsque les membres de sa tribu ont quitté votre chaumière, l'*Homo vedettus,* qui semblait pourtant passer une belle soirée, écume de rage : un tel a la tête enflée, un autre ne parle que de lui, un troisième est incapable d'admettre que son dernier film est un navet. Il est outré. Il gesticule. Il postillonne. Il sue. Vous lui offrez un restant de tarte ou un dernier porto. Ça l'apaise.

Sachez toutefois que le droit de critiquer les membres de sa tribu est un privilège dont l'*Homo vedettus* jouit d'une façon exclusive. Autrement, vous vous en rendrez compte un soir où vous émettrez des réserves sur la réputation d'une comédienne.

— Je ne suis pas certaine qu'elle ait toute la profondeur qu'on lui prête. Je l'ai entendue hier matin à la radio.

— La texture de votre tartare vous convient ?

— Oui, merci.

— Cette fille-là est très gentille. Je la connais.

— Elle est sûrement *gentille.* Je ne dis pas le contraire. Mais quand elle se lance dans des tartines sur la manière dont ses cours de trampoline ont changé sa vie, elle a l'air un peu conne.

— Et si c'était toi, la conne ?

Vous quittez le restaurant en lui laissant l'addition. Ne vous sentez jamais coupable de laisser l'*Homo vedettus* régler une addition. Non seulement il gagne l'équivalent de votre salaire mensuel en une matinée de travail, mais, surtout, ne croyez-vous pas qu'il est grand temps que vous économisiez votre argent pour la thérapie dont vous aurez besoin le jour où vous serez prête à faire la lumière sur toute cette histoire ?

Il porte une casquette et des verres fumés, mais lorsque vous vous retrouvez dans des rues trop passantes, l'*Homo vedettus* vous tire par le bras et vous entraîne dans les ruelles.

— Quelqu'un pourrait me reconnaître. Nous suivre jusqu'à la maison. Savoir où j'habite !

Vous claudiquez derrière lui en talons hauts, pestant contre les trous d'eau, les poubelles qui débordent et les clochards qui pissent. Il vous traite de princesse. Taxez-le de paranoïa et observez sa réaction.

— Je pourrais te tromper si je le voulais. Je suis une personnalité publique. Partout où je vais, les filles sont toujours après moi. Je pourrais m'en ramasser à la pelle ! Je l'ai déjà fait. Tu devrais te considérer comme chanceuse que je sois avec toi.

— C'est donc vrai ce qu'on m'a déjà raconté à ton sujet ?

— Je suis une vedette : je pogne.

Tout est complexe et confus. Quand rien ne va plus, un *Homo anonymus* sort faire une marche et il respire un bon coup. À la rigueur, il va vivre quelques jours chez des amis. Pour l'*Homo vedettus,* c'est différent : il s'achète un billet d'avion pour aller passer quatre jours à Paris dans un cinq étoiles. À son retour, il vous annonce qu'il a mis ses menaces à exécution avec une Parisienne rencontrée dans un bar et *qui ne savait même pas qui il était.* Que devez-vous comprendre à cela ? Qu'il n'avait auparavant jamais « conclu » dans la peau d'un *Homo anonymus* ? Qu'il en a pris son pied davantage ?

Vous tentez de ne pas en faire un plat, mais vous mesurez quand même toute la distance qui vous sépare de lui. Et si l'*Homo vedettus* était une créature qui vivait seule sur sa planète, croyant que toutes les autres sont en orbite autour de la sienne ? Y aura-t-il jamais de la place pour accueillir un autre habitant sur cette planète ? Vous commencez à en douter.

Ce n'est donc peut-être pas un hasard si l'*Homo vedettus* se plaint de plus en plus souvent que vous ne le comprenez pas. Aussi, un matin, il vous jette à la porte. Il vous aide à transporter vos valises jusqu'au taxi. Il vous embrasse. Vous avez trente ans.

— Tu es belle, vous assure-t-il. Mais je n'ai plus de patience. J'espère que tu ne maigriras pas trop parce que tu as de la peine.

Tâchez de voir cela comme une libération. L'*Homo vedettus* reviendra sans doute à la charge quelques mois plus tard, vous réservant un sacré coup de théâtre : il veut des enfants avec vous. Essayez de ne pas l'écouter. Et quand vous allez faire vos courses dans votre nouveau quartier où les files d'attente à l'épicerie sont si longues que vous en feuilletez encore ces revues près de la caisse, si par hasard vous tombez sur une

photo de votre *Homo vedettus,* restez calme. Caressez doucement le papier glacé et répétez-vous que c'est bien cela, son
habitat naturel — et non les draps d'un lit conjugal.

> *Rebecca Leclerc est née en 1976. Elle vit à Montréal*
> *où elle pratique le métier de journaliste. Et vous,*
> *êtes-vous mariée à un psychopathe? Pour nous faire*
> *parvenir vos textes ou pour réagir à cette tribune,*
> *visitez le www.pandoramag.ca*

J'ai refermé le magazine et j'ai fixé un motif ovale
dans le plancher de marbre, mais, parce qu'il se mul-
tipliait à la surface de celui-ci comme un dessin au
pochoir, la perspective qui en résultait m'a un peu
étourdie. Les fesses vissées au fauteuil crapaud, j'avais
lu le texte deux fois et je ne savais toujours pas quoi en
penser : étais-je censée être amusée par ce récit aux
accents modernes dont l'écriture avait sans doute été
thérapeutique pour ma fille, ou devais-je plutôt déplo-
rer qu'un tel pan de son intimité se retrouve ainsi
imprimé à plus de quoi? cinq, dix, quinze mille exem-
plaires? Certes, je n'avais jamais éprouvé beaucoup
d'affection pour Simon, et l'épisode du chalet avait
cristallisé ce sentiment (d'ailleurs, me demandais-
je, quitte à raconter les travers de Simon, pourquoi
Rebecca avait-elle passé cette journée sous silence?),
mais je ne m'en demandais pas moins s'il valait vraiment la peine que ma fille revienne ainsi sur cette relation qui s'était terminée il y avait de cela plus de dix-
huit mois. Une autre question m'assaillait : pourquoi
avait-elle préféré appeler son amie plutôt que sa mère

lorsque Simon l'avait laissé tomber à la dernière minute? Mon cœur se serrait dans ma poitrine.

Les convives étaient de plus en plus nombreux à sortir de la salle de bal pour traverser le passage en direction du hall où ils s'entassaient dans les portes tournantes vers une destination inconnue. J'ai consulté ma montre : les aiguilles marquaient sept heures quinze. J'ai regagné la salle de bal : « Bof, tentais-je de me convaincre, si ça lui a fait du bien de sortir le méchant. » Un groupe de filles caquetaient non loin du bar, toutes vêtues de la même robe au décolleté ourlé de dentelle verte, comme l'hôtesse qui guettait la porte à mon arrivée. L'assistance était maintenant clairsemée et il ne m'a pas été difficile de repérer Rebecca : elle était en compagnie de quelques personnes près des fenêtres aux lourds rideaux. Elle jouait distraitement avec le gland d'une cordelière et n'avait pas l'air de suivre la conversation.

* * *

Dans le taxi qui filait dans la rue Sherbrooke en direction de l'avenue du Parc, Rebecca a mouché son nez et elle a pointé l'exemplaire de *Pandora* posé à plat sur mes cuisses.

— Je voulais te faire une surprise ! a-t-elle dit. C'est pour ça que j'aurais préféré qu'on soit toutes seules ce soir. Pour fêter la publication de mon premier texte plus personnel. Plus original.

La radio diffusait le match de hockey. Je suis demeurée pensive quelques secondes.

— Mais ton roman sur mademoiselle Anne et son école en Nouvelle-France? ai-je hasardé. Tu l'as abandonné?

Rebecca a éclaté de rire et les yeux globuleux du chauffeur de taxi ont croisé les miens dans le rétroviseur.

— Maman, franchement! a fini par soupirer ma fille.

— Quoi?

— J'avais vingt ans quand je voulais écrire ce roman-là qui aurait été tellement con! J'étais brainwashée par *Les Filles de Caleb*!

Après m'avoir adressé une moue revêche, Rebecca a détourné la tête et elle a regardé la chaussée défiler à l'extérieur. J'ai compris que tout canal de communication avec elle était à présent rompu. C'était souvent ce qui se produisait lorsque je passais du temps auprès d'elle. Au début, tout se déroulait bien; son humeur était avenante. Puis tout à coup — le plus souvent lorsqu'il était question d'un sujet qui la concernait, mais d'autres fois sans qu'il soit possible d'isoler une raison en particulier — elle devenait détachée, lointaine, étrangère, et j'avais alors l'impression qu'elle me considérait de haut, car tout ce que je disais n'était plus accueilli que par des claquements de langue ou des soupirs. « Je ne comprends pas où elle bloque », m'inquiétais-je souvent auprès de Pierre. « Elle te manipule », répliquait-il, ce que je n'appréciais guère, car qu'est-ce qu'il en savait? Il avait été marié deux fois avant de me rencontrer mais n'avait jamais eu d'enfants. Reste que, lorsque Rebecca devenait ainsi impénétrable, elle me laissait remplie du sentiment désagréable que je la décevais, ce qui me bouleversait chaque fois.

Les néons des magasins jetaient sur les trottoirs de la rue Sherbrooke une lumière blafarde. Je me suis demandé depuis quand Rebecca en avait contre *Les Filles de Caleb,* cette belle trilogie dont je lui avais offert les deux premiers tomes à Noël il y avait de cela plusieurs années. Cloîtrée dans sa chambre, elle les avait dévorés en moins de deux semaines. L'éclair d'un instant, je nous ai revues près du feu de foyer par ces soirs d'hiver, Valérie, Rebecca et moi, à nous régaler de l'adaptation télévisuelle des romans. Même Jean-Claude, quand il n'était pas retenu au cabinet, se joignait à nous. Comme il avait grandi à la campagne, mon mari appréciait le décor dans lequel cet univers se déployait : la densité des forêts, les étendues de neige, la plaine endormie, les animaux de la ferme, la récolte des champs, tout cela éveillait chez lui un sentiment de nostalgie que j'avais du mal à m'expliquer vu l'empressement avec lequel il avait quitté la terre de ses parents à l'âge de dix-huit ans pour ne plus jamais y retourner, sauf pour son dernier repos.

Le taxi a freiné brusquement. Rebecca et moi avons dû nous agripper à la banquette afin de ne pas être projetées vers l'avant. Le chauffeur a laissé échapper un juron à l'endroit de la voiture qui venait de le couper. J'ai lissé les pans de ma robe fourreau et Rebecca s'est tournée vers moi, les joues creusées par une expression de résignation.

— Le truc, maman, c'est que tu peux dire que tu trouves mon texte poche, et puis c'est tout. Tu n'es pas obligée de l'avoir aimé.

— Je trouve que ton texte est très bien écrit. Il est plein de, comment on dit ça ? de crunch.

— De punch.

— Voilà. Mais j'ai quand même le droit d'avoir peur que tu fasses fausse route en étalant ta vie privée au grand jour. L'intimité, surtout quand elle est bancale, il faut la protéger.

Rebecca a hoché la tête en dénouant l'écharpe rose qu'elle portait autour du cou.

— J'ai un bon plan d'assurance au journal, a-t-elle lâché. J'ai consulté un psychologue après ma rupture avec Simon. Tu sais ce qu'il m'a dit ? Qu'une des raisons pour lesquelles je me suis laissé traiter comme ça, c'est parce que tu t'écrasais toi-même devant papa, et que c'est le seul modèle que j'avais eu comme référence.

J'ai eu du mal à contenir mon indignation :

— Quel imposteur !

— Pfft. Fais l'autruche tant que tu veux !

— Et ta sœur, Valérie, alors ? Comment expliquerais-tu qu'elle n'a pas de problème avec Marc, hein ? Vous avez eu le même modèle !

— Pfft.

— Quoi ?

— Marc est policier ! Un bœuf, tu ne crois pas que c'est contrôlant, dominant ?

Se pouvait-il que ma fille soit si malheureuse

qu'elle veuille toutes nous entraîner avec elle dans son délire ? J'ai pris une grande respiration et j'ai tâché de poursuivre la discussion sur un ton plus doux :

— Tu ne t'es jamais dit que tu étais peut-être simplement mal tombée avec Simon ? Ça arrive à tout le monde.

Ma fille a posé son regard à la fois triste et souverain sur moi, mordillant sa bouche vermeille. « Vous êtes tout ce que j'ai », n'était-ce pas ce qu'elle avait dit le jour de ses trente ans ? J'ai eu envie de la serrer contre moi.

— Pense ce que tu veux, a-t-elle murmuré.

C'en était trop.

— Ton père avait son caractère et les problèmes qu'on lui connaît ! ai-je aboyé. Mais sous aucun prétexte, *aucun,* tu m'entends, il ne m'aurait lâchée toute seule à moitié aveugle au centre-ville. Jamais !

J'ai senti un sanglot monter dans ma gorge, mais je l'ai vite ravalé. Le regard globuleux du chauffeur de taxi pesait encore sur moi dans le rétroviseur. D'un air maussade, Rebecca s'est contentée de hocher la tête : « Wow ! » a-t-elle lâché, avant de détourner de nouveau les yeux vers la chaussée. J'en ai déduit que la discussion était close. Je ne savais pas ce que ce « wow » signifiait et je me demandais si Rebecca croyait un seul mot de ce qu'elle avait affirmé : que j'étais la source de son malheur amoureux, que c'était moi qui l'y avais prédisposée, précipitée. Que je le lui avais légué comme une tare. En héritage.

« Oh, Murielle, ai-je songé en tapotant mes cheveux au-dessus de ma nuque, tu es chanceuse d'avoir eu un garçon. »

Je ne m'étais jamais fait cette réflexion auparavant.

* * *

Dans la salle à manger du restaurant Chez Gautier régnait une ambiance gaie, pétrie du cliquetis des couverts, des conversations, des éclats de rire, des exclamations des serveurs et des sonneries des téléphones cellulaires. Après avoir repéré mon nom dans le livre des réservations, le maître d'hôtel nous a débarrassés de nos manteaux et il nous a montré le chemin jusqu'à une table près d'une fenêtre. J'ai pris place sur la banquette et Rebecca s'est dirigée vers la salle de bains. Ses cheveux étaient dénoués et son visage arborait un air un peu moins boudeur quand elle est revenue.

— Je préfère la banquette, a-t-elle déclaré en se glissant à mes côtés. Raphaël n'aura qu'à s'asseoir devant nous !

Le moment que j'attendais depuis maintenant quelques semaines était sur le point d'arriver, de quitter l'arène de mes fantasmes pour basculer dans la réalité. Tout à coup, je me suis sentie nerveuse. Redoutant que le silence ne s'installe de nouveau entre nous, j'ai raconté à Rebecca combien son voisin avait fait preuve de courtoisie à mon égard un peu plus tôt.

— Vincent t'a donné un lift au Ritz !?! s'est exclamée ma fille.

Le récit a semblé l'amuser, mais la finale l'a agacée. Apparemment, Vincent était d'une nature serviable et il avait dû être très offusqué que je le traite comme un vulgaire chauffeur en lui donnant vingt dollars.

Aussi Rebecca n'a-t-elle pas hésité à l'appeler afin de s'excuser en mon nom, et, tandis qu'elle laissait un message dans sa boîte vocale et que je sirotais mon verre de chardonnay, je me suis demandé si Vincent n'était pas le mystérieux Monsieur Condoms. Comment n'y avais-je pas pensé plus tôt? Qu'est-ce qui empêchait cet homme de monter chez ma fille quand bon lui semblait? Même les soirs où il avait la garde de ses enfants, une fois qu'il les avait mises au lit, ne lui suffisait-il pas de posséder ce genre de moniteur de surveillance sans fil pour qu'il gravisse en toute tranquillité d'esprit les quelques marches qui le séparaient de Rebecca et qu'il redescende auprès de ses filles avant leur réveil, ni vu ni connu?

Rebecca a redéposé son téléphone sur la table en soupirant.

— Il avait l'air embarrassé, mais pas plus qu'il le faut, ai-je menti en me rappelant la gestuelle d'oisillon en détresse de Vincent. Et puis, peut-être qu'il pourrait t'acheter des fleurs avec cet argent, hum?

C'était une façon à peine cryptée d'inviter ma fille à s'ouvrir au sujet de son voisin. Et puisqu'elle avait raconté sa vie dans une revue, pourquoi ne se confierait-elle pas à sa mère?

— Rapport? a-t-elle fait.

— Tu m'as dit que ça faisait des siècles que tu n'en avais pas reçu.

Ma fille a souri d'une façon constipée.

— Bon, où est-ce qu'il est, l'autre? s'est-elle impatientée. On va être soûles avant qu'il arrive si ça continue.

Il était presque huit heures quinze et il est vrai que, à force de boire comme ça l'estomac vide, la tête commençait à me tourner. On allait demander une corbeille de pain au serveur quand Raphaël est enfin apparu, et, avant même que le maître d'hôtel n'ait le temps de l'accueillir, il nous a repérées et il a foncé sur nous. Il souriait timidement et il jouait avec l'anneau en argent qu'il portait autour du pouce.

Désolé pour mon retard, a-t-il lancé une fois à notre table, puis il m'a regardée, ajoutant: Sharon, la fille de la galerie, tu sais? Elle m'a appelé en panique il y a une heure. Elle s'est fait cambrioler et je suis allé chez elle pour attendre les policiers.

— Oh, elle est correcte?

— Oui, oui. Ils ont juste foutu tout à l'envers en plus de lui voler plein de trucs.

La tête inclinée sur le côté, Raphaël a enfin toisé Rebecca.

— Eh bien, eh bien…, a-t-il soufflé, ça va, toi?

— Oui, a rétorqué Rebecca en mâchouillant la paille de son Bloody Caesar. Toi?

— C'est cool, oui.

— Assieds-toi, ai-je dit. Assieds-toi donc!

— On commençait à avoir pas mal faim! a lâché Rebecca.

Raphaël a commandé un kir au serveur et il s'est assis sur la chaise devant Rebecca. Pendant qu'on consultait nos menus, j'ai annoncé par-dessus le mien que c'était moi qui les invitais. Raphaël m'avait apporté la photo que je lui avais demandée, enroulée dans un élastique, et, comme Rebecca insistait pour la voir, je l'ai déroulée sur la table, et nous avons tous pu admirer le petit singe à la main plongée dans un gros sac de croustilles au cœur de la forêt luxuriante.

— Je vais la faire encadrer et l'accrocher dans ma nouvelle cuisine, leur ai-je expliqué. Pierre a choisi une céramique blanche et j'ai peur que ce soit un peu trop suédois comme style. Ça mettra un peu de chaleur dans l'ensemble.

— Pourquoi il mange des chips? a demandé Rebecca. Il n'y a pas assez de nourriture dans la forêt?

— Les touristes ont pris l'habitude de les nourrir, a répondu Raphaël, puis il m'a demandé : quatre-vingts dollars, est-ce que ça t'irait?

Rebecca m'a asséné un coup de pied sous la table, mais je l'ai ignorée : qu'aurais-je pu faire d'autre? Ma fille trouvait sans doute chiche que Raphaël me fasse payer sa photo alors que je venais d'annoncer que je les invitais, et je dois dire que c'était aussi un peu mon opinion, mais comment savoir si Raphaël n'avait pas perdu un certain montant d'argent avec cette histoire de concours de photos de magazine français? Peut-être que les frais d'inscription et d'expédition avaient été lourds à assumer ? Il lui était certainement difficile de vivre de son art, et quatre-vingts dollars, qu'est-ce que ça changeait, pour moi ? La veille, les photos que j'avais vues exposées à la galerie se vendaient toutes à plus de cent dollars ; certes, le format du tirage était d'une plus grande dimension et le prix comprenait le cadre en bois couleur d'ébène, mais à quoi bon ergoter ? J'ai pensé à Murielle : Raphaël était son fils, après tout.

— Bien sûr, mon chou, pas de problème.

Raphaël a souri d'un air satisfait :

— *Good.* As-tu fait quelque chose à tes cheveux ? Ils ne sont pas pareils comme hier.

J'ai rangé la photographie sur la banquette, près de mon sac à main. Pendant que Rebecca hésitait auprès du serveur entre des frites et une salade pour accompagner sa bavette, Raphaël a promené des yeux gourmands sur son visage, ses mains et son décolleté. Il m'est venu à l'esprit que ce n'était peut-être pas pour rien que Rebecca avait défait son chignon quelques minutes plus tôt : fort probablement, c'était pour plaire à Raphaël. Étions-nous déjà sur la bonne voie ? Je les ai priés de m'excuser et je me suis rendue à la salle de bains où je n'ai pas osé faire ce que je voulais car une des toilettes était bouchée et l'autre hors d'usage, ce que je ne trouvais pas à la hauteur de la réputation de ce restaurant qui m'avait été chaudement recommandé par Brigitte Lemaître, la divorcée aux mœurs légères de mon club de marche, qui affirmait y croiser souvent des hommes d'affaires connus et des politiciens. J'ai malgré tout pris mon temps, ajustant ma broche en argent devant la glace, convaincue qu'un tête-à-tête amorcerait bien les choses entre Rebecca et Raphaël.

Mais quand je suis revenue, Raphaël était seul à la table. La revue *Pandora* était ouverte devant lui, par-dessus ses couverts, à une page que je n'avais aucun mal à reconnaître. Il mâchonnait un bout de pain.

— Elle est partie fumer une cigarette, a-t-il déclaré, interrompant sa lecture pour poser sur moi ses yeux interloqués. Je n'aimerais pas ça être à la place de ce gars-là !

— C'est notre Rebecca, ai-je dit, soucieuse de l'excuser. Ça ne manque pas de crunch.

— Hein ?

J'ai trempé mes lèvres dans mon verre.

Les potages au poireau sont arrivés au moment même où Rebecca reprenait place autour de la table, embaumée d'un parfum de nicotine. Jusqu'au service des plats principaux, la conversation a roulé avec plus ou moins d'enthousiasme sur des sujets aussi différents que la rareté des clubs vidéo dans le nouveau quartier où venait d'emménager Raphaël et le prix exorbitant des loyers dans celui où vivait Rebecca. Je mettais mon grain de sel en poussant ici et là quelques exclamations de surprise. Ce n'est qu'au milieu du repas que Rebecca, qui semblait fort détendue par le vin, a demandé à Raphaël ce qu'il pensait de son texte.

— Tu veux vraiment savoir ? a-t-il répondu au-dessus de son boudin noir.

— Ça m'intéresse. Il y a déjà ma mère qui le trouve poche.

— Je n'ai jamais dit cela !

Rebecca a roulé les yeux au ciel et piqué de sa fourchette quelques feuilles de laitue.

— D'abord, a repris Raphaël d'un ton agacé, ce n'est vraiment pas original. Des filles comme toi, j'en connais à la pelle. À quoi ça vous avance de toujours brailler qu'on est une bande d'égoïstes qui vous maltraitent ?

Rebecca a encaissé le coup sans sourciller. J'ai frémi en détachant quelques filaments de chair de mon jarret d'agneau.

— Ça doit bien avancer à quelque chose s'ils m'ont publiée ! a répliqué ma fille.

Sur ces entrefaites, des cris se sont élevés à l'entrée de la salle à manger. Un grand gaillard et une fille, tous les deux vêtus de chandails du Tricolore, leurs visages barbouillés de rouge et de blanc, hurlaient : « Nan-nan-nan-nan-nan-wé-hé-hé-good-bye ! » Quelques clients dans le restaurant ont applaudi ou ils ont levé leur verre dans leur direction. Aidé de deux serveurs, le maître d'hôtel a chassé les intrus.

— En tout cas, a poursuivi Raphaël une fois que le calme fut revenu, en Inde, les femmes sont beaucoup plus modestes qu'ici.

— Vraiment ? Dans ce cas, pourquoi tu n'en maries pas une la prochaine fois que tu y vas ?

— Rebecca ! suis-je intervenue.

— Quoi ?

Raphaël a pris une longue gorgée de vin :

— S'il fallait que mon ex ponde un truc du genre, je lui collerais un ostie de procès.

Ce n'était pas du tout le genre d'étincelles que je m'étais imaginé. Ils tapotaient tous les deux le clavier de leur téléphone cellulaire, sans doute absorbés par l'envoi de ces fameux textos, quand j'ai proposé qu'on commande les profiteroles au chocolat pour dessert. Il m'a été suggéré de demander l'addition à la place. C'est ce que j'ai fait et, après que je lui ai signé son chèque, Raphaël a pris congé : il devait retourner chez Sharon, qui avait peur de passer la nuit toute seule dans son appartement pillé par les voleurs.

— Bien sûr, ai-je convenu. On se donne des nouvelles par courriel, d'accord ?

Pendant que je l'observais qui zigzaguait en direction de la sortie entre les tables dont la plupart étaient vides à présent, je l'ai revu, petit bonhomme sur la plage, rugir comme un monstre afin de protéger Rebecca et ses châteaux de sable des gamins turbulents. Ne s'en allait-il pas faire un peu la même chose, mais pour une autre ?

— Penses-tu qu'il est frustré ? m'a demandé Rebecca.

— Je ne sais pas.

Nous avons terminé nos Grand Marnier.

— Je pense que oui, et ça n'a rien à voir avec ce soir, a dit ma fille. On s'était croisés dans une fête universitaire il y a huit ans, tu comprends ?

— Pas trop.

— On s'était embrassés.

— Oh.

— Il m'avait laissé un message deux semaines plus tard. *Deux* semaines ! Je ne l'ai jamais rappelé. Il voulait qu'on aille au cinéma.

Nous nous sommes levées. J'avais la vue embrouillée tandis que le maître d'hôtel m'aidait à enfiler mon manteau. « Oh, Murielle, pensais-je, voilà où ça mène quand on les laisse se débrouiller seuls. »

— Votre soirée chez nous vous a plu ?

— Ah, votre salle de bains, monsieur ! ai-je glapi par-dessus mon épaule.

Pendant que Rebecca me tournait le dos pour nous trouver un taxi parmi les voitures qui remontaient l'avenue du Parc dans une symphonie de klaxons, j'ai senti mes jambes vaciller et j'ai dû agripper un lampadaire. Combien de raisons avais-je d'être étourdie ? Il y avait l'échec de mon programme, une entreprise qui, je m'en rendais compte, arrivait beaucoup trop tard ; le fait que mademoiselle Anne n'existait plus et que Rebecca livrait son intimité sur la place publique ; le fait de ne pas savoir qui était l'homme qui bourrait sa poubelle de condoms avant de la quitter au petit matin ; sans oublier l'idée, pourtant saugrenue, que j'étais peut-être à l'origine de ses infortunes. Mais, encore plus troublant, il y avait cette envie que je ressentais à présent de tirer le rideau sur tout cela, de cesser de m'inquiéter et de rentrer chez moi. J'aurais voulu le lui dire, pousser un cri, taper du pied

sur le trottoir, les deux mains sur les hanches :
« Rebecca, j'aimerais rentrer ! Laisse-moi partir ! »

Et pourtant : comment exprimer ce souhait à ma fille sans qu'elle se sente abandonnée une fois pour toutes ?

Je suis retournée près d'elle.

— Et vous vous étiez juste embrassés ?

— Oh, maman ! m'a-t-elle implorée.

— Quoi ?

Nous avons grimpé à bord d'un taxi et la voiture s'est ébranlée dans la nuit.

Des versions différentes de certaines de ces nouvelles ont paru dans les revues littéraires *L'Inconvénient, Zinc* et *XYZ,* dans les magazines *Madame* et *Urbania* ainsi que dans l'hebdomadaire *Ici.* Je tiens à remercier les directeurs de ces publications.

Merci au département de français de l'Université d'Ottawa qui, à l'automne 2007, m'a accueillie à titre d'écrivain en résidence.

Pour leur regard avisé de premiers lecteurs, un grand merci à Dominique Fortier, Yvon Rivard, India Desjardins et Jean Bernier.

N. B.

Table des matières

Imprimé sur du papier 100 % postconsommation,
traité sans chlore, certifié ÉcoLogo et fabriqué dans une usine
fonctionnant au biogaz.

MISE EN PAGES ET TYPOGRAPHIE :
LES ÉDITIONS DU BORÉAL

CE TROISIÈME TIRAGE A ÉTÉ ACHEVÉ D'IMPRIMER EN NOVEMBRE 2009
SUR LES PRESSES DE MARQUIS IMPRIMEUR
À CAP-SAINT-IGNACE (QUÉBEC).